山林的回声

SHANLIN DE HUISHENG

牧 铃 ○ 著

希望出版社

图书在版编目（CIP）数据

山林的回声 / 牧铃著. -- 太原：希望出版社，
2024. 11. -- ISBN 978-7-5379-9126-1

Ⅰ. I267

中国国家版本馆 CIP 数据核字第 2024DL7216 号

山林的回声
SHANLIN DE HUISHENG

牧铃 著

出 版 人：王 琦	项目策划：邢 龙
责任编辑：陈 晨	责任印制：李 林
复 审：邢 龙	美术编辑：王 蕾
终 审：王 琦	插 画：布莱克设计工作室
封面设计：张永文	

出版发行：希望出版社
地　　址：山西省太原市建设南路21号
开　　本：880mm×1230mm　1/32　　印　张：7.5
版　　次：2024年11月第1版　　印　次：2024年11月第1次印刷
印　　刷：山西人民印刷有限责任公司

书　　号：ISBN 978-7-5379-9126-1　　定　价：28.00元

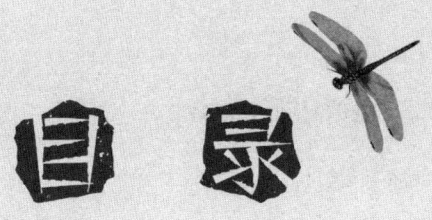

目录

"大脚"和她的"突击小分队"

放农忙假的山村娃儿 ………003

赤脚·冠军·大忙人 ………023

黄花·芒草 ………043

村 校

女教师·小先生·单人校的"复式班" ………067

课外活动和学农基地 ………079

校外辅导生 ………098

深山里的人家

画　　童 119
静夜读书声 134
画内画外 154

生产队的儿子

孤儿桂桂 175
宝石的诱惑 194
有功之臣 212

「大脚」和她的「突击小分队」

放农忙假的山村娃儿

1

我随着城市青少年"上山下乡"的大潮来到山村当农民,是二十世纪六十年代后期。那时,农村的中小学都很重视农忙假。

农忙还给学生放假?

没错。上半年"春插",下半年"三秋(秋收、秋耕、秋播)",都要根据各地不同的农事,放一到两个星期。不过这假日并非为了休闲玩乐,而是要让学生和老师们参加劳动。

 山林的回声

　　此外,"收早(稻)插晚(稻)"的"双抢"正值暑假。听我们生产队长说,无论春插、三秋还是双抢,但凡农忙时节,十二岁以上的初中生和小学生都必须下田,干一些力所能及的农活儿。年纪更小的乐意跟着父母和哥哥姐姐来"操练"的,队里概不阻拦,只是不给工分,来去自由。

　　到山村落户不久,我就投入到有生以来第一次见识到的春耕大忙中。

　　"下乡"之前,我曾在牧场上孤独地守护沉闷的奶牛群,因此对我而言,在桃红柳绿、百鸟争鸣的背景下参加集体劳动,那激越欢快的氛围不仅新鲜,而且充满诱惑。一连多少天,我都跟队里的年轻人一道铆足了劲儿往田间挑送厩肥、铲除田坎上的野草,或是加筑田塍,还替犁田的老把式们打下手,用锄头挖掘牛拉步犁进不去的急弯边角。

　　经过翻耕,绿肥作物紫云英称霸的粉红色田地逐一化为深褐色,又经泉流漫灌、犁耙梳理,变作大大小小倒映蓝天白云的平整镜面,就该插秧了。

　　那天,集体地里忽然闯入了一群叽叽喳喳嘻嘻哈哈的矮小身影,惊飞了下水田啄食虫子的白鹭和

黑八哥。看着这帮像过节一样高兴的村娃儿，我不由得替田地近旁的小鸟和鼠兔担心起来——我知道，为了满足好奇心，有些小家伙追赶小动物从来都不遗余力！

说人家小，其实我也大不了多少。

虽然早过了十六岁生日，但我这先天发育不足的早产儿跟十二三岁的初中生个头不相上下，自我感觉与都德笔下那位"小东西"达尼埃尔有几分神似，颇能使孩子们产生亲近感；加上说话带着老改不掉的省城口音，在从未走出过山旮旯的村娃儿眼里，我大约算是个容易接触的稀罕人物了。

于是工间休息时少不了被男孩儿围着问这问那，还拉我去他们新发现的秘密地点喝泉水、采野果。急性子的几位，更是恨不得立马将爬树抓知了、搬石头捉螃蟹、堵塞洞口熏耗子以及捅马蜂窝、灌蚂蚁洞，等等诸般绝技一股脑儿传授给我，好把我拉进他们的队伍。

这一来，我费了这么大劲儿才在乡亲们心目中建立的男子汉形象岂不要土崩瓦解？不行，我仍然得像当初虚冒年龄进入牧场时那样严肃起来，努力

摆脱"未成年人"的嫌疑!

队长及时出手帮了我一把,春插开始就让我接手做记工员,成了生产队的"干部"。见队长和会计这些权威人物老跟我打交道,小家伙们在我面前的放肆才有所收敛。

2

但亲近感绝非单方面的。何况孩子们下田干的正经活儿与成人无异,一不小心,我又混入村娃儿们中间,跟他们一道切磋插秧技术了。

弯腰弓背干活儿的疲劳感在插秧的第二天上午凸显出来。

埋头插秧还不怎么样,拆秧把时偶尔站直了——哦哟,腰部仿佛塞进了一只木橛子!趁着工间休息,我找了块龟背状大小的石头躺下,仰望着蓝天上匆匆飘飞的云絮,期待佝偻着几乎要定型的腰椎得到矫正。

一起干活儿的村娃儿们却都若无其事,上了田岸,他们依旧打打闹闹,嬉戏追逐。

有个小学生走到我身边,把他捉来的两条蜥蜴亮给我看,说他有办法叫这两条蜥蜴比武。说着,他将蜥蜴放进石凹里。不知怎么一回事,其中一个丢掉尾巴后逃之夭夭,石头上活蹦乱跳的断尾令孩子们大为兴奋,他们留下另一条尾巴后放走了蜥蜴,就喊喊叫叫地团团围在一起,拿草秆拨弄着,想要唆使两段没头没脑的秃尾巴干仗。

只有一个女孩儿远离小伙伴,独个儿背着背篓爬上田边陡峭的山坡,专心致志地割草,顺带拔竹笋,还把搜索到的几只蘑菇用草茎串成圈儿,挂在脖子上。

她就不累吗?

"她呀,她叫'大脚','脚踩两只船',撑得住,站得稳,累不垮!"有个跟着哥哥来田里"操练"的小家伙故意大声打趣。

另一个干脆唱起来:"'大脚'宽,'大脚'长,撑烂布鞋气坏娘……"

被叫作"大脚"的女孩儿不理睬他们,只顾埋头割草。

"大脚怎么啦?人家在中学可是班长!"一位中学生呵斥小男孩儿,"她还当过冠军!你们哪个敢跟她比?"

啥？冠军？我吓了一跳。

"全县第一！"两名女生争着证实，"中学生运动会，赛跑，没人能跑得过她！"

是吗？可山坡上那扎着一对羊角小辫的矮小女孩儿特瘦，咋看也不像个中学生，跟接受过体育训练的运动员更搭不上边儿。

这当儿，赶牛扶犁率先下田的队长吹响了铁皮哨，大人小孩儿都站起身，走向没插完的那坵大田。

"大脚"到树荫里卸下背篓，将蘑菇"项圈"取下挂在伸出背篓的竹笋梢头后跑了过来。她的脚长度一般般，只不过脚趾叉得很开，显得宽厚、敦实。下田插秧，才发现她比所有的孩子都快，而且基本上不伸腰歇气，这一来，她很快就赶到前面，与成年人中的几位插秧高手并驾齐驱了。

3

晚上记工分，队长仍然让我给七个初中生的名字后一律写上六分工。

"真不枉他们自称'突击小分队'，"他毫不掩饰对孩子们的喜爱，"添了这支生力军，咱们队的春插压力比往年小多了！"

"是啊，中学生干活儿都挺地道了，手脚又灵活。"我趁机提醒他，"按功效，大人记十二分，他们至少该给八分！"

初中生里就有队长的儿子，我估计这建议能通过。

不料队长还真没私心。"十六岁以下的，从来都只按半劳力记工。"他那语气不容置疑，"还是照老规矩，六分蛮够了。"

"栽插最快的呢？"

"我晓得你讲的是'大脚'杜兴花，"队长心知肚明，"她不光干农活儿利索，还是中学生的头儿——同学都服她，就因为她做事泼辣，有担当。那回他们结伴进山给学校砍柴，山坑里呼啦一下跑出一群豺狗子，男娃崽都吓得够呛呢，她却招呼同学先走，自己独个儿断后……"

我说豺狗子很少主动伤人，不过，被它们盯梢的那种感觉还真不好受——我有过切身体会的。

"可不！毕竟是吃肉的野兽啊，难为她一个女娃儿敢挡在最后！打那以后，就连我家那天不怕地不

山林的回声

怕的愣小子,对他们的小个儿班长都佩服得不行。"

"这么说,你同意给杜兴花加工分?"

"我说了加工分吗?"队长反问,"老师都讲学生下田主要是锻炼他们。让'大脚'只拿六分工,才好维护她当班长的威信——别的娃儿服气,家里没小孩儿出工的社员也不会有意见了。"

什么歪道理啊?可人家是队长,我这记工员只有服从命令的份儿。

4

初中生们倒不计较工分多少,下了田,依旧你追我赶不亦乐乎,仿佛投入了一场好玩儿的游戏。

习惯了以后,我弯腰干活儿时脊椎就不再那么娇气,插秧速度眼看着提升,不至于被中学生们落下太多了。

那天大家正忙得热火朝天,剃头匠刘小海来到田边。

小海是个自带喜感的小胖子,八字眉,笑眼,年龄跟队长的儿子一般大。山村剃头匠都上门服务,十天一次,剃与不剃悉听尊便,反正一个脑袋全年

收费两元。小剃头匠个头太矮,那只油画箱似的木板工具箱上总挂着一把自制的轻便折叠矮凳,这样,给成年人剃头他就不用踮起脚尖了。

农忙季节,白天家里找不到人,剃头匠的服务也跟到了田头,只比平日多准备了一只提水洗头的活襻小木桶。

刘小海在田边树荫下支起矮凳,打开工具箱,男子汉们就依次停下手里的活儿,去剪头修脸刮胡子。年纪大的嚷嚷着腰酸背痛,小海少不了使出传统手法,给他们做上一两分钟的"捶打"。

"使劲点儿——对啦,就这样……好,好!""挨拳头"的那位大叔喊,"你这伢儿,穴位拿捏得蛮准,可惜力气小了些!"

刘小海便涨红了脸,拼尽全力按、摩、搓、捻、拍、打,务必让老人们个个称心如意。

好容易折腾完他们,小剃头匠转向了我。"喂,城里来的,"他喊,"歇歇吧。你头上那鸦鹊窝,还打算留着给谁下蛋?"

刘小海最擅长刨光头和剪板寸平头,别的发型,无论"分头"还是"西式大背头",统统都要被他拾

掇成界线整齐、黑白分明的"盖式太保",好像非此不足以显示他的手艺。

我仍然没敢让他给我理发,感觉腰部稍有些酸胀,就让他给我也做了一番"捶打"。

小海非要先给我刮脸。用毛巾沾着凉水替我擦脸时,我瞥见他衣摆下露出一截"电光丝"编织的大虾。电光丝是那会儿流行的一种五彩塑料线,赶时髦的女青年多用它扎头发、织网兜。

"虾子——谁送你的?"我问,"好像队长的儿子也有这么一只。"

"我们一伙的标记啊,"他自豪得很,"我原先也是'大脚'的部下,中学念到了初二的!"

"最后这学期咋逃学了?"

"干吗说得这么难听——我那叫'提前毕业'!"小海诡辩,"大虾就是我们班长编的。你没发现吗,发给男生的都是虾,女生的统一为蟹,加起来,就成了'虾兵蟹将'。"

"不是叫'突击小分队'吗?"

"那是对外。自己内部嘛,谦虚一点儿比较好。"

说着,他把挂着虾子的钥匙圈儿取下来给我看。

橘红色的大虾腰身弓屈、须足舒张，造型颇为生动。形似薏米的野草种子镶嵌成一对灼灼发亮的眼珠——这种土名儿叫"素珠子"的植物多半生长在溪水边，结的籽儿红红绿绿，成熟时就成为深紫色的硬粒儿油亮"珍珠"，常被小女孩采来配着电光丝做手串、项链和钥匙坠子。

"虾子螃蟹好多人会编，"小海说，"不过，要论手巧，我们班的女生谁也比不过班长——她编这些小玩意儿，又快、又好。"

"你们都服她，主要是因为她胆大，对不对？"我记起了队长讲的故事，"她连豺狗子都敢招惹，关键时刻，还独个儿留在后头，保护你们这帮不争气的男学生……"

说话间脸已经刮完。"坐稳了！"小海喊着将手托住我的双腋，膝头顶在我后腰部，猛一使劲，腰椎间咔吧一声轻响，刚感觉到疼痛，他抡开一对小拳头沿着脊椎上上下下擂鼓似的捶打开了。

"好多了吧？"他问。

"我试试看……"我站起来活动了一下腰杆，"哟，真的好多了！"

"所以说,你这种娇生惯养的家伙就是欠揍!"他坏笑着,忽然拉直了我的左胳膊,在肘弯下抠了一把。电击般的酥麻感霎时经过肩膀直逼后颈窝。他又拽着我的右手来了那么一下。这一记掐捏,让我的后脑勺都有了感应,耳朵里还嗡嗡作响。

"感觉怎么样?"小海问。

我说酸麻胀痛五味俱全——你悠着点儿,别把我弄残废了!

"放心,"他将我摁回坐凳,对准我的肩颈背脊噼里啪啦用力拍打,"不吃些苦头,你哪晓得舒服的滋味?忍着,我要下狠劲'抠'了!"

又是一番"电击"感从腰部掠过之后,他说:"好了,干活儿去吧。"

小海手艺真的可以,我像是洗了个热水澡似的,只感觉浑身舒坦,便回到水田里继续插秧。

小海也挽起裤管,抓过一把稻秧跟着下了田。这饶舌的小剃头匠似乎舍不得中断我们的谈话。

"你彻底理解错了,"他觉得有必要纠正我对男生的偏见,"遭遇豺狗子那回我也在场,谁怕那种东西啊?'大脚'非要让男生先走,是怕我们拿石头扁担跟豺狗子干仗，惹来麻烦，她落在后头履行班长职责呢。担心她报告老师，那会儿我们都听从了指挥，可心里没有一个不笑她大惊小怪的。事后跟爹妈一说，才晓得"大脚"做对了——成群的豺狗子果然招惹不得……"

"从此你们对她崇拜得五体投地。"

"话不能那么说。不过，她还真救过我一回！"小海唠叨着，并未放慢插秧的频率，"那天我有点儿发烧，放学时刚走上回村的山道，肚子忽然痛得邪乎，还虚脱得浑身无力。几个同学都吓傻了，正拿不定主意，杜兴花从后头赶来，二话不说，就叫大伙把我扶到她背上，然后撒腿往公社卫生院跑——也不晓得她哪来那么大的力气，一口气背着我跑了一里地呢……医生给我打过针，说幸亏来得及时，要不然病情还可能恶化。他们几个又轮流背着送我回家……"

"小海——"溪谷对面的梯田里有人叫。

"哎——来了来了！"他大声回应着飞快地插完了手里的秧苗，来不及洗干净脚上的污泥，就趿着硬塑凉鞋收拾好工具，准备转移。临走还不忘回头

交代,说班长背他的那一节千万要替他保密:"……让女娃儿背着跑了那么远,你不觉得有损我男子汉的形象吗?"

"确实有点儿。"我说,"放心好了,我保证不说。"

5

早饭前给集体干活儿叫出早工。春插季节,除了赶着牛耕田耙田的几位,大部分人出早工都得去拔秧。

我踏着队长的铁皮哨声来到秧田边时,天色才蒙蒙亮。

大秧田里塞满了水,分块播种的密集秧苗如同一张张浮在水里的绿毡子。浓雾弥漫中,洗秧苗的激水声哗啦哗啦响成一片,"大脚"领着那帮"虾兵蟹将"们早干开了。

刘小海也混在里面。谁也不会在一大早找他理发,小剃头匠便趁着这个时间段临时归队。

季节已近谷雨,顶着凉飕飕的晨风赤脚蹚下稀泥,还是冻得有些难受,背脊都感觉冷丝丝的。不过,一会儿就适应了,手脚一起用力,传遍全身的寒意很快被驱散,水也不那么凉了。

初学拔秧,比插秧难度大得多。拔起的秧苗必须叠放整齐,把沾满稀泥的根部洗得雪白,否则必然影响插秧速度和质量。最后,还得用棕叶丝拦腰轻轻一勒,扎成小把——为了插秧时方便解开,棕叶丝是绝对不允许打死结的。

首次接触这活儿的我显得笨手笨脚,扎的秧把不整齐,扔出去还容易散。偷眼瞧瞧,前面几个中学生拔秧洗秧动作老练,可见在升级为"半劳力"之前他们都下功夫操练过。

"大脚"显然来得最早,秧苗小把在她身边的田埂侧已经积了一大堆。

对比一下自己身后稀稀落落的那点儿成果,我有些尴尬。又是队长给我解围,他打发我扛着一排木轮组成的划线器去打格子。

稍稍大点儿的水田,都要用木轮在稀泥的"镜面"上滚压出横竖线条,以便按照格子插秧,"合理密植"——当时水稻流行植株矮小的品种,要保证产量,每亩栽插的秧苗数量必须达到两万五到三万株。

晨雾终于散去，太阳从东方山凹露出了脸庞，拉得老长的哨声宣布早工结束。

大伙将拔下的秧苗小把装进筼箕提上岸，沥干了水准备过秤。我看到保管员拿来一杆秤，才记起出早工拔秧得按数量算工分，就放下木轮子，去行使记工员的职责，给他们过秤、记数、折算工分。

中学生们分别赚到两分工、三分工，只有"大脚"拔下的秧苗超过了一百斤，值四分工，快赶上成人的工作量了。

6

白天的主要任务依然是插秧。

受"密植"新规定影响，这道工序特别费力，据说比传统密度的插秧要多花一倍的时间。"大脚"每次都抢到中学生的最前头，紧逼几位插秧高手。男子汉们当然不甘示弱，田间的"竞赛"氛围顿时紧张了几分。

我发现，只要"大脚"和几个中学生下了田，大人们就不得不竭尽全力——让拿一半工分的学生娃儿赶上了，的确不是件光彩事！

有"虾兵蟹将"们的促进,我们这个缺少劳动力的自然村竟然成了全大队第一个完成春插任务的小队。

7

农忙假之外的周六下午和星期天,中学生们可以不出集体工。

那不只是过节,简直成了野小子的狂欢日。他们率领一帮更小的孩子,不是沿着溪流摸甲鱼抓螃蟹,就是漫山遍野喊喊叫叫展开"游击战"。同时还得搜索蘑菇,用蕨茎穿成一串串,回去好向父母交差。

这一阶段女学生很少跟他们在一起。

"大脚"和女伴儿主要工作还是放牛割草,有时也绕着村外几处泉井和水湾打转转,用自制的网兜捞虾。

那天,我看到"大脚"爬上了自家的牛栏顶,接过她母亲用长竹叉递上去的草苫子,一层一层往上面盖。在下头用干稻草和木棍编草苫子的,仍然是那两个老跟她形影不离的女中学生。

山林的回声

一个大雨倾盆的黎明,我被急促的铁皮哨声惊醒,就听到队长的超大嗓门儿点着名,分派男劳力去给各处稻田排水。

我抓了把锄头,扣上斗笠,按队长的指派跑向山坡下那片水田。

此时田里的积水漫过了田塍,形成喧哗的瀑布一层层向下倾泻。必须先截断上游水源,再从每一坵田侧面挖缺口向沟圳排水,否则要浸坏禾苗,甚至冲垮田埂、造成掩埋稻田的小型泥石流。

我蹚着水,沿沟圳自上而下奋力挥锄,一口气解除了大大小小二十多坵水田的险情,眼看着稻苗儿开始露出了叶尖尖,田埂也层层显现,我绷紧的神经才松弛点儿。

溪流对面还有一小片山垄田,也是分派给我的任务。

我急忙跑上跨越溪流的石头小桥。桥下,暴涨的浊流一侧站着个斗笠蓑衣裹着的矮小身影,她守在一坵大田的出水口下,不时将竹篾畚箕里跳蹿的泥鳅倒入身边的小木桶。

又是"大脚"那黄毛丫头。

"危险,快上来!"我喊,"太不像话了——你家大人呢,咋不管着你?"

"有啥危险啊,""大脚"全没把我这个"大人"放在眼里,"我娘就在下边。"

下游一个出水口边果然也活跃着一个模糊的人影。

说着话,"大脚"的畚箕里又有泥鳅在蹦跳了。

大约水田里生活的泥鳅不甘心被急雨形成的洪水带离故土,临近溪水还顶着逆流往上蹿,活像动画片中的小鲤鱼跳龙门似的。这个季节趁田里涨水守住排水口以逸待劳,能捕获大量活泥鳅。

问题是溪水还在上涨,为口腹之欲冒这么大的危险实在太不值得!但"大脚"不听劝阻我也无可奈何——她母亲都不在乎,我瞎操心啥?何况我还肩负着队长刚才分派的任务。

翻滚的黑云持续下沉,遮盖到了大山半腰,狂风扫荡,斜飞的急雨一阵阵击打在斗笠上,与田沟水响搅成一片嘈杂声。我继续沿着田边上下奔走挖缺排水,解救禾苗。

山垄里转了一圈下来,"大脚"刚才站立之处早

被浮着泡沫打着旋儿的浊流淹没,她们母女已安全转移——隔着密集雨帘,只见一高一矮两个身影走上了通向梯田的山道。

那上面有无数个排水口,更多急着"跳龙门"的泥鳅在等待她们……

赤脚·冠军·大忙人

1

"大脚"她爹早病故了,家里就母女两个相依为命。

为了让女儿安心念书,那位不服输的母亲白天像男子汉一样出集体工,夜间在家纺纱、织布,还替队里养了一头大牡牛——放牧的报酬加上全年交给队里的厩肥折算,养牛可以挣到四分之一个全劳力的工分。

"大脚"当然不能让她娘一个人受累。还在读小

山林的回声

学,她就参与了家里做饭种菜放牛割草诸般杂务,夜里,有时还得帮母亲捏纺纱的棉条、挽织布的纱线团。

牯牛欺生,刚交到她家那阵,压根儿不听娘儿俩使唤。有一回发怒,大牯牛一晃脑袋,把小女孩儿挑过了头顶……

幸好牛角不长也不很锐利,从上衣前襟插入却未触及皮肉。

"大脚"真够沉着的!骤然被挑起来凌空甩了一圈,她还攀着另一边牛角稳住了身子,然后解开纽扣挣脱下地。等近旁干活儿的大人闻声赶到,哭着喊着的小妞儿一只手还紧紧揪住大牛的鼻桊不放。

事后,人家说那牲口性子暴躁,教她牵牛时莫傻傻地堵在牛前头。"大脚"却说:"那会儿不堵着,牛立马要下田啃青苗!"

经过这一吓,"大脚"认定老牛是饿得厉害才眼馋禾苗。从此她放牛必定捎带着割草,好让牛回栏后还有嫩草可嚼。她娘又教她常拿梳子替牛清理毛蜱、牵牛去溪边洗澡……

日久天长,坏脾气的老犍牛受到"感化",在

"大脚"面前再也不犯横闹事了。

稍大点儿上了初中,"大脚"开始想方设法增加家里的收入。她抓捕的虾子和泥鳅自家舍不得吃,要送到乡镇那几个公家单位的食堂,换成钱。

就这样的家境,她们母女俩还不肯接受大队的"特困"补助……

2

给我讲述这些的是生产队的会计、队里唯一进县城念过高中的老魏。

看着杜兴花长大,又有个女儿跟她同岁,还同班读书,老魏对那小妞儿太了解了。他说在"大脚"带动下,中学生们都包下了各自家里的烧柴,就连他家这个有些娇惯的小女儿也不例外。他那大儿子高大壮实得像蛮牛似的,论理,砍柴之类的家务活儿还轮不到小女儿身上,可是妹娃儿非得跟"大脚"攀比,硬生生把砍柴的任务从她哥哥手里抢了过去。

我只听说过在吃穿上攀比的,他们倒攀比上了这些!

"细伢儿细妹子,哪个不好胜啊。"老魏笑了,

"喏,自从'大脚'拿棉纱为她娘编织了第一双袜子,不出半年,几个女生都学会了用篾针织袜子。男孩儿们也不服输,纷纷学着打草鞋。不光做家务,出集体工他们也攀比着,于是乎,'突击小分队'应运而生——老杜家的小丫头影响了一大片,咱们队的中学生里头,你休想找出一个懒娃儿!"

我说杜兴花那样忙,哪里还有时间参加体育训练?

"她参加啥训练啦?"老魏挺奇怪似的。

"田径啊,她不是到县城拿过赛跑冠军吗?"

"嗨,你指的这个啊,"老魏笑了,"我敢说,到今天她还不晓得啥叫训练!你看到的,村里小学的操坪还不及咱们生产队的晒谷场一半大;乡镇中学条件也好不到哪里去,上军体课,无非排排队列做做广播操,再拿木棍当刺刀练练'防左刺''防右刺'了事。"

"这么说,她那'飞毛腿'全靠平时干活儿锻炼。"

"何尝不是!当然还有跑路,"老魏习惯地扒拉着油灯映照下的算盘珠,"上了中学,每天上学放学来回要走二十多里山道，其他同学都从从容容游山玩水呢，'大脚'多半得跑——家务事太多，她从家里出发比谁都晚，不跑赶不上。上学怕迟到，下午又要急着回来帮娘干活儿，就这么一来一往上坡下坳，赤脚片子啪嗒啪嗒跑了一年多，派她参加中学生运动会，就拿下冠军了。"

"大脚"的快腿完全是"逼"出来的！我长长地叹了口气，转了个话题："她老是光着脚……"

"对，打小学起，除非进山砍柴，她不到大冷天绝不穿鞋，嫌穿鞋热，出汗，还是打赤脚爽利。"老魏说，"其实，本村同学都明白她是心疼她娘。一出家门，杜兴花必定脱下她娘做的布鞋塞进书包，日久天长，穿鞋倒不习惯了。

"去年国庆节上县城比赛，天有些凉了，毛毛细雨又下个没完没了。中学的老师特地给她买了一双解放鞋，也指望新胶鞋底的弹力能帮助她跑得更快。可能那鞋略微大了点儿吧，跑400米决赛，刚出发就把她绊了一跤，牙龈都磕碰出血了。小妞儿索性脱了鞋抓在手里，爬起身就追……"

"就那样，她还追到了最前头？"

"那倒没有,400米她只得了个第三。第二天比3000米,她直接光着脚参赛。那届运动会我家妹娃儿也参加了的,听她说,3000米跑最后那一圈既紧张又精彩:为了防滑,泥巴跑道上还薄薄地压了一层细沙,赤脚倒占了优势,个子最矮的杜兴花越跑越快,县城中学几个按'战术'开始加速的对手一个接一个被她超过,观众席上,本校没上场的十多个同学扣着她的奔跑节奏齐声呐喊着给她加油……"

"这不,打破了中学生跑3000米的全县纪录,还传开了'大脚'的外号,她那大名倒少有人叫了。"

进城开"知青"代表会时,我见识过县城中学不甚规则的运动场。脑瓜里便冒出一个画面:扎羊角小辫的瘦小女孩儿穿着家常的碎花布衫,顶着凉风冷雨,赤脚片子啪嗒啪嗒踏响了黏土跑道,把那些装备着运动服和跑鞋的高个儿选手远远地甩到了后头……

3

最紧张的一段农活忙过,中小学生都去为自家捕鱼抓蟹,改善生活。

于是出现了一个似乎不合常理的现象：孩子多、负担重的，反而比那些只有男女主要劳力的家庭生活"滋润"些。上面来了农技员或干部，队长都会安排到有学生娃儿的人家，就因为他们餐桌上时常少不了自给自足的荤菜。

稍加注意还可以发现，这些家庭养的鸡鸭也更会生蛋，因为捞浮萍、捡螺蛳和逮金龟子喂养家禽，同样是村娃儿们最乐意干的活儿。

集体地里没有了嘻嘻哈哈的小学生参与，"虾兵蟹将"们也好久不露面，田间的劳作难免有些寂寞。

有一天，"大脚"倒找上门来了。

那是周日，下着大雨。难得有这么个休息机会，邻近几个村插队的五名知青都聚集到了我那间小屋里，翻着一本卷了角的《外国歌曲二百首》唱歌，吹口琴。冷不丁闯进一个披蓑戴笠的赤脚小丫头，歌声琴声陡然停了下来。

我忙向大伙介绍"大脚"和她打破全县纪录的辉煌战绩。

"我……我想请你们帮忙，""大脚"不好意思地打断我夸张的描述，"本来，我要送到乡镇去卖，雨

太大……"

她从蓑衣下拿出一只竹篾小背篓,揭开几片碧绿的芋头叶,下面是小半篓粉红色的干虾。

——难得买到的美食啊,知青们立即凑钱买下,就从我的案头翻出旧报纸,动手包装、"瓜分"。

"小孩儿,下次有了鱼虾直接送给我,我出价肯定比别人高!"知青中岁数最大的杰哥一边包虾子一边说,"记着,我就住在……"

杰哥回头交代,赤脚小女孩儿却不见了。

她刚才站的地方只剩下两个泥巴脚印和一滩蓑衣斗笠淌下的雨水。

"咦,小丫头咋就忽然消失了?"杰哥十分诧异。

我说她要算我们生产队第一忙人,这样的雨天,必定急着去从事"渔猎"活动。今天是看到你们来了,才逮着机会来做推销。

我就顺便说起"大脚"的家庭境况。大伙纷纷感叹:《红灯记》里唱"穷人的孩子早当家"真没说错,这孩子既懂事,又机灵!

知青小廖说他房东家特意做了一个只能盛二十斤水的小木桶,专门给家里那八九岁的小女孩儿挑

我背着喷雾器拎着农药瓶走上离村最远的一小片梯田，去对付稻田中刚开始冒头的"二化螟"虫害。

水用，为啥？为了让她从小就学会承担一份家庭责任——你能说农民不懂教育么！

"就因为这样，乡下大多数细伢子都提前告别了童年！"外号"四眼"的那一位悲天悯人地叹了口气，"急急忙忙的，一个个都成了小大人、小老头儿……"

"童年就非得脱离劳动吗？"小廖激烈地反驳，"我倒觉得，跟很小就被老爸关在屋子里读书练古琴抄碑帖的我相比，'大脚'他们过的才更像真正的童年——杰哥，你说对不对？"

杰哥点头说道："乡下孩子不会把劳动跟玩乐分得那样清楚。在他们眼里，下田插秧、上山砍柴和去山涧里抓鱼、下河湾游泳同样好玩儿，这样的童年只会延长，绝对不会'提前告别'……你们注意没有，勤快的小孩往往更尊重长辈，因为他们早早懂得了生活的艰难、懂得做父母的不容易，而且会把带领他们做家务干农活儿的大人当成'技术权威'崇拜着！"

我说我也不觉得从小接受劳动锻炼有什么不好。循序渐进一路走来，他们的体力和心理承受力会比

我们更强。

时常能得到家里资助的两位便有些后悔,说下回买"大脚"的鱼虾,一定要多给她一点儿钱。我警告他们说千万别那样,小妞儿跟她母亲一样,自尊心特强,"嗟来之食"半点儿也不会接受的!

4

那会儿学制开始缩短了,小学五年,初中两年。

山村小孩儿一般在六岁左右入学,按这么推算,读到初中毕业班的杜兴花应该有十三岁了,可她怎么看也只像个十岁出头的小学生。偏偏她干活儿又生龙活虎,甚至显得精力过剩似的,与瘦小身躯形成极大的反差。

那天下午,我背着喷雾器拎着农药瓶走上离村最远的一小片梯田,去对付稻田中刚开始冒头的"二化螟"虫害,又看到"大脚"在田边山坡上,守着大牯牛快手快脚地割草。

"喂,"我招呼她,"把牛牵开些,我要打农药了!"

"没事,这边高,风又往你那边吹。"她舍不得放弃那一坡茂密的嫩草。

我按药瓶上规定的比例给倒进喷雾器的农药兑水，打足了气，背上肩头，拧开喷雾阀。嘶嘶声响中，夕阳下洒开的水雾里闪现出变幻不定的彩虹。我沿着弯弯曲曲的田塍缓缓行进，好让药水均匀地撒在狭长水田里的每一棵禾苗上。

"大脚"又看了看风向，放心地爬上更陡处。牛蹄子没法征服的土坡上，雨后萌发的嫩草苗儿在阳光下绿得晃眼。

冷不防，田埂下响起的扑腾声把我吓得一脚踏空，险些摔倒。稻棵间蹿出的却不过是一只大白鸟，它扇动翅翼飞向山下。为掩饰刚才的狼狈，我放下喷雾器，一边拉动活塞杆充气，一边大声跟"大脚"搭讪。

"你这么努力，还打算去县城上高中啊？"我问。

"不啦。"她说，"本来初中也不上的，是我娘非要争一口气——她听人说，市里棉纺厂每次招收女工，有初中文化的都能优先，就坚持要我读初中了……喂，你干吗来乡下，城里找不到活儿干吗？"

"有活儿干的，"我重新挎上喷雾器，"我原先在

市郊的畜牧场管理奶牛。不过那只算做'临时工',所以还得和城市学生一样'上山下乡'。"

"放牛——给钱吗?"

"按月发工资的,四十八呢。"

她大吃一惊。放牛娃能赚到那么多,对她来说可能近乎奇迹。

牵牛回村的路上,"大脚"还在追着我打听。终于明白我这个"牧童"在牧场承担的日常工作量大到了什么程度,她又为那些"洋牛"的高大块头和吓人的产奶量惊叹不已。

"牛也有命好命歹的!"扭头看看身后那头辛勤劳作了大半辈子的牯牛,她作出结论,"你们的奶牛吃得那么好,还不干活儿。"

"怎么不干活儿?它们要把野草和饲料转化成牛奶……"我解释着,又将奶牛以"燃烧生命"的方式换取牛奶高产量,以及八九岁产奶量降低后即可能遭到淘汰,被送去"育肥"的事儿一股脑儿都说了,免得她再为集体的耕牛难受。

这下轮到她同情奶牛了。

"哦，怪不得你不忍心在那儿干下去，宁可来当农民。"她猜度着我下乡务农的理由，"当农民好，没那些烦心事。"

我说哪能不烦心的？像我吧，小时候就因病辍学，最担心自己成为家庭和社会的累赘，好容易混进队里当上了正儿八经的农民，可是听说去年咱们队一个工分只值三分钱，我心都凉了——你想想，就算一年挣四千工分，我的年收入还不如在牧场时三个月的工资，岂不又要成为生产队的包袱，又要靠哥哥姐姐的援助生活了？

"怎么会啊，你可以养活自己的！"小丫头竟开导起我来。她给我算了一笔细账：她们母女二人去年出集体工，加上放牛和上交的厩肥，一共有七千工分，年终结算折合二百一十元；从队里分到稻谷八百斤（碾成大米约五百斤），每百斤九元五角，扣了七十六元；红薯一千斤（晒成干丝后约二百五十斤），每斤两分，扣二十元；再加上茶油、菜油若干，以及为数不多的棉花、黄豆、花生以及过年时分的猪肉，七七八八扣完之后，年底还从队里领到十八元……

嚇，乡下的经济账原来该这么算！农民生活俭

山林的回声

朴而且蔬菜柴草自给,只等粮油进了仓,吃饭基本就不成问题。

我才明白,自己被对农村的无知和偏见弄糊涂了。

按她的算法,我非但有把握养活自己,年终还能略有盈余——当然,那点儿钱零花都不够。要买衣买鞋添置农具和对付日常开销,还得像本地人一样,利用工余时间砍柴,抽时间采药或者出卖力气,赚些"外快"。

这个我尝试过。春插忙过后,我连续一周利用午休时间往供销社设在汽车路边的收购站送劈柴,七担柴换回的钱买了一把锄头、两块肥皂、一包盐、一斤猪肉、一斤鸡蛋、一叠贴好了八分邮票的信封,兜里还剩一元六角。

不过那也得平时准备下多余的劈柴,要是懒得自家都没柴烧,拿什么去卖?

"大脚"说对啊,只要不懒,寻钱机会多的是!她们家就靠那些零星收入还清了多年的欠债,日子也过得不比别人差。

见我脸上多云转晴了,"大脚"又告诉我:年终决算有盈余的户头叫"进钱户",亏欠的叫"超支户"。自从她爹去世,她家一连"超支"了五年……后来母女二人使劲儿干,一是为了赚钱交给集体,尽快还清在生产队"超支"的欠款;二是为了多挣工分争取做"进钱户",不被人家小瞧——别看去年收入的十八元不起眼,可那是她们母女通过努力,头一回摘掉了"超支户"的帽子!

"领着那点儿钱回家,从不当着我流泪的娘一把抱住我,哭了。"

我说你们母女到底打了个翻身仗,她当然激动。

"等到我初中毕业,""大脚"憧憬着未来,"要真能当上工人,我们孤儿寡母在队里就更加扬眉吐气啦!"

一旦打开了话匣子,这忙碌的女孩儿并不像我想象中的内向、木讷,只是不如小剃头匠那么伶牙俐齿罢了。

她对国营纺织厂十分向往。

原先她也打算跟她娘学纺纱织布的,从新闻纪录片里见识了大工厂的纺织车间后,她对家里的纺车和木头织布机再也提不起兴趣——那些东西实在

太原始、太落后啦！听她们的老师说：一千个乡下织女，还抵不了现代纺织厂的一名工人。将来工人多了，工厂出产的布更多，布票一定发得多，她娘也不用再熬夜纺织，就可以像电影里的那些农村妇女一样上夜校学文化、读书写字、唱歌跳舞……

西山头上燃起一片火烧云，把山林田地都染成了淡淡的玫瑰色。映着霞彩，背着满篓青草，牵着牛的小姑娘，脸上红扑扑的——呵，那已经是一副"扬眉吐气"的神色了。

但愿这要强的母女俩好梦成真！

5

这天中午收工吃过午饭，我挑了担劈柴正要去收购站，被小剃头匠堵在了门口。

"顶着一头乱草干活儿，你不嫌热，我还替你脸红！"他一心想说服我剪掉头发，"这样下去，不生虱子才怪！"

我放下柴担说我也晓得头发太长不好受，问题是……

"问题是担心被我剪成'盖式太保'——我晓得，

你们知青都这么笑话我。"他生气了,"好吧,你倒是告诉我,城里的剃头匠都怎样剃?"

我于是比画给他讲发际线应该"渐变",而不是一刀切式的"突变"……喏,最好能剃成知青杰哥那样的发型。

"杰哥是请哪个剃的?你直接去找那一位好了!"

我说杰哥的头发最近两次恰恰是我给剃的。我带了把推剪下乡,却没办法替自己剪。

"呵哟,不晓得这里还躲着个同行!"他消了气,"不如这样——你先给我剪,让我看看你们城里人到底想把脑袋整成朵什么花儿!"

我使尽浑身解数,给他理了个那会儿城市里广为流行的发式。

他对着镶嵌在工具箱里的镜子看了看,点了点头。我便提心吊胆地坐下,让脑袋暴露在他咔嚓作响的推剪之下。

剃着头的同时,我问小海:"既然你舍不得'虾兵蟹将'那个小集体,干吗不跟'大脚'他们一道上学一起出工?"

小海说那多不合算!他现在出集体工只算得半

劳力,所以他接过了他爹的全部顾客——邻近四个生产队,大大小小两百来个男丁要剃头,一年收入四百,上缴生产队,给他记四千工分,快赶上全劳力了!

"怪不得,没等到初中毕业,你爹就急着让你干手艺活儿。"我不能不佩服那位父亲缜密的"小算盘"。

"我爹?呵呵,他倒是愿意我读完中学,将来好进城里当工人,"小海说,"不过我觉得没啥把握,何必去凑那个热闹!"

"你还不如杜兴花自信。"

"这个不能比。'大脚'是老师宠着的优秀生。还有,就为她挣回了全乡唯一的县冠军,成了'一不怕苦,二不怕死'的先进典型,公社主任在全社大会上都表扬过的,有招工的机会,第一个推荐的准是她。别人就没那运气了!没把握的事,我从不抱希望——不存希望就不会失望,对不对?"小海那老谋深算的口气像个洞明世事的成年人,"就说你们那位杰哥吧,念到了大学,不也得'下乡'种地吗?倒不如早点儿就业稳当。"

"你乐意干剃头匠?"

"咋不乐意?技术活儿啊。"为制造头发由浅到深的"渐变",他小心地用梳子隔开推剪的锋刃,"我偏爱干这行。十岁起我就盯上我爹的推剪,起初是在我爹头上剃着玩儿,后来我叔叔,还有爹的一些亲朋好友都乐意让我操练手艺。刮胡子修脸,也是从我爹和叔叔脑壳上开始练习的……到去年寒假,我的手艺已经很受欢迎,我爹就把剃头箱子正式让给我啦。"

"突击队呢——我是说,'大脚'和你那些同学,会不会批评你'临阵脱逃'?"

"有啥可批评的?我仍然是在编的'虾兵蟹将'!再说,我爹力气比我大两倍,田里功夫样样在行,他干活儿才是实实在在的利国利民又利家,加上我对生产队的贡献——'大脚'也自愧不如哇。你算算,四百元,能买回多少尿素?他们称赞我还来不及呢。"

我说你倒不错,早早定下了终身职业。

"那倒不是,"他另有打算,"再等十年八年,我的力气长足了,我爹也到了五十来岁,等他体力下

降了,我再把他换下来,干剃头匠养老。'农业第一线'么,就该让家里最强壮的顶上去。"

呵,又是一个早当家的,小小年纪,心思如此细腻,还把父亲的晚年生活都安排好了!

"好啦,大功告成!你自己去照照镜子,满意不?"

我凑近他的工具箱。

镜子里的我减轻了头上沉甸甸的负担,显得精神多了。叫我放心的是没给整成"盖式太保",往后我可以大胆的把头发交给小海去打理啦。

黄花·芒草

1

生产队要建一座新谷仓,请来了木匠。那位师傅目测了一番,说我们准备的木料不够,而且,既然打算留出宽大的阶檐来搁风车、堆化肥,桁子和檩条的尺寸也得加长。

生产队里还有一大堆备用杉条,搁在六七里外的林地里。队长就临时安排我跟两个年轻人进山扛木头。

天阴着,午后的山路上格外闷热。树间的蝉吟

懒洋洋地拖着长声,"你方唱罢我登场",它们似乎下定了决心要催眠整座大山。

跟在伙伴后头走着,我也有些昏昏欲睡。

登上一道山脊时,我眼前忽然一亮,仿佛阳光撞开乌云泼洒下来:那一坡全是花,是野花汇集成的金黄波浪!

走近看看,制造这暖色调景象的,竟然是一大片野生黄花。

人工种植的黄花通常呈淡黄色,是那淡得发腻的姜黄。这儿的黄花却接近于橙黄,比之人工黄花,多了几分野性的热烈。

二者同样是加工金针菜的原料。

这发现可了不得!城里的金针菜价钱虽然不昂贵,可是稀罕啊,得凭城市户口领取的票证供应。春节每人二两,生了孩子的产妇,拿出医院证明才能买到半斤。

眼前这片黄花,能加工出多少金针菜!

伙伴说莫讲外行话了。加工金针菜必须趁着花蕾没开放之前采摘,眼前这些差不多都开足了,就算加工,也"老"得不堪入口,完全没用啦。

正说着,只见"大脚"和两个女孩子蹚着花浪上来了。她们脖子上挂着用不知名野花穿成的"什锦"串儿,各自的背篓里都扔着浅浅一层长足了却又还未开放的饱满花蕾。

"要摘黄花菜莫偷懒,"一名女生朝我们喊,"我们中午放学就急着跑来,还是没赶上——一过正午,花苞全绽开啦。"

"谁稀罕啊,这是小丫头片子干的活儿,"伙伴自豪地扬了扬扛树的粗木权,"队长派我们去干大事!"

"喂,这样的花苞,还有哪儿能采到?"我急着打听。

"近处成片的野黄花就剩这一块了。""大脚"说,"要采,早点儿来吧——明儿星期天,我们也要来的。"

"这一片不是都开过了吗?"

"大头还在后面,"女孩儿们并不保守秘密,"瞧,这些,还有这样子的,今天下午都会冒出骨朵儿,一夜就长大了,明天早上正好采摘。"

我担心接二连三的采摘会损毁野黄花。

山林的回声

她们说哪能啊,哪年都要采十次八次的。前年秋天,这片山场还被野火烧过,草木全都成了黑炭,我们以为黄花死光了,不料它们的地下根茎活得好好的,去年夏天,又开成黄灿灿一片了!

"大脚"拔起一棵花苗,扔上来给我看。

我接住那刚开始抽薹的花株。它的根部相当发达,长了许多细小结实的"萝卜"。同伴告诉我说黄花根也是一味草药,可以止血、消炎。

正是苗壮的块根里积蓄的养分,支撑着黄花熬过了山间的严寒酷暑,甚至经受住了山火的洗礼——无人伺候的野生花草,偏偏拥有如此顽强的生命力!

我跳下陡磡,用手扒开湿润的散土,小心翼翼地将那株不起眼的寻常野草栽回它原先扎根的地方。

2

下午收工,我赶到杰哥那儿,把今天的发现告诉了他,让他约齐身边几个知青朋友。

杰哥兴奋极了。他说他下乡两三年了,每次回城探亲,他拿出的永远只有红薯制品,实在不好意思再带去孝敬父母。要能自己采制黄花,下次回家也不至于两手空空!

次日大早,知青们跟几个小女孩儿差不多同时赶到了那里。

周遭的山林还蒙眬在晨雾里,隔山唱和的野鸟已经打破了山野的寂静。黄花和混杂其间的茅草灌木上满是露水,像刚刚淋过雨似的。

大伙就排成横队,展开了对新冒花蕾的地毯式搜索。

乡下女生都经历过采茶叶、摘棉花的锻炼,眼明手快,干这种活儿比我们利索得多。等到我们蹚湿了半截身子到坡地的另一端会合时,她们几个的背篓差不多都满了。

几位"知青哥哥"呢,采摘的花苞加起来还不及"大脚"一个人多。但总算没有白来。

回到村里,"大脚"说你们那一点点加工起来也麻烦,我一并替你们做了吧。

杰哥说不就是拿到太阳底下去晒么,还要怎么加工啊?

几个小女孩儿都笑了。我们这才第一次听说黄

山林的回声

花蕾制作金针菜先要用开水焯过,焐上一会儿,才能晒制,而焯水和焐必须掌握恰当火候,没把控住,再好的黄花菜也可能糟蹋掉。

我们就把黄花倒进一个大背篓,托付给了"大脚"。

因为都成了"全劳力",知青们不好意思为了采摘黄花向队里请假,后来就再没去了。

3

野黄花的收购价不高,数量又只有那么一点点,成年人都不屑于采摘,制作金针干菜便成了山村小姑娘的专利。每天总能看到有女孩儿背着黄花满载而归。几名中学生却只有周末才有时间进山。可是过了这个季节便无花可采,所以接下来的两三个星期天,"大脚"都在忙这个。

有一天,她送来了一大包香喷喷的干黄花,足有三斤重。

呵,那么一背篓加工后能有这么多!知青们挺有成就感,兴致勃勃地"瓜分"了胜利果。

直到有一天,杰哥听人家说鲜黄花晒制成干货的比例是六比一,才明白我们糊里糊涂地接受了那孩子的"赞助"。

于是大家按收购价凑集了钱给她送去。"大脚"不肯接受,非说我们采摘的原本就有那么多。

知青们只好用那钱买了一支自来水笔、一个精致的硬面日记本,当作预祝她初中毕业的礼物,她才没理由拒绝。

不过几天后我们又收到了"大脚"的回赠,那是六条电光丝编成的热带鱼,有深蓝配浅蓝、深绿配浅绿的,还有红白、红黑相间的,鱼眼珠子一律由更为灼亮的山椒籽儿镶嵌。

以老大哥自居的杰哥向来瞧不起此类孩子气的小玩意儿,这次却郑重其事地将分给他的那只拴在钥匙串上。他感动地说:"小姑娘肯定没见过真正的热带鱼,单凭想象编出这些不同花色,还真得花费些工夫。"

确实不容易,尤其对于"大脚"那样一个忙人!

4

基本适应了田地里不同季节的农活儿,我又恢

复了像当牧童时那样张弛有度的生活节奏。

但凡衣兜里还有几个零花钱在应付着,我就不会忙于去砍柴、挖药挣"外快",而是将午间休息和不出工的雨天用来读书。对我来说,忙里偷闲、闹中取静的阅读如同为头脑和肌体充电,是不可或缺的生活内容。

我甚至觉得,倘若没有适度的静止和闲适,即使对自然万物的审美也会因疲惫而空乏。

中学生们却难得静下来歇歇。

他们结实的身体仿佛蕴藏着无穷能量,刚刚走完十多里山道回到家,撂下书包立即又聚集到一起,放牛、赶羊、割草、游泳……

山花烂漫的初夏,每一个周末都是中学生为家里增添收入的大好时机。

他们沿着溪水溯流而上,到山谷里采摘金银花、薄荷叶,到荒坡野地挖掘香附草根上结的籽儿。

有段时间,几个中学生家院坪里的竹篙上都晾晒着构树皮和地棉(一种矮小灌木)皮,这些都属于高档的造纸原料,每年入夏,是收购干货的大好时机。

"虾兵蟹将"们继续忙下去。

无论下集体地干活还是为自家抓收入,"大脚"和她那些事事"攀比"的同学们总是没有闲着的时候。队里人说,这帮娃儿从小勤快就成了习惯,长大了准当劳动模范!

5

盛夏来临,"虾兵蟹将"里四个读初二的学生领到了毕业证。

热风中浮动着成熟的稻香,生产队的早稻开镰收割了,毕业生们就跟队里的男女老少一起投入了加倍忙碌的"双抢(抢收早稻、抢插晚稻)"时节。

乡村的生活节奏骤然变得紧迫,而顶着烈日割稻、蹬着脚踏打稻机脱粒,以及往梯田送肥、赶着牛拉步犁翻耕……全都是对意志力的考验。

栽插晚稻也比春插辛苦得多。

长达二三十厘米的老秧苗拔起来费力、栽下去费时,还时时要抵抗牛蝇和蚊子的进攻。但谁也不敢松懈,唯恐错过了农时,使产量受到影响。于是大伙天蒙蒙亮就下田,有月光的晚上,还能听到打

山林的回声

稻机有节奏的轰鸣声。

"突击小分队"跟成年人一样起早贪黑地干。

经过一季春插的锻炼,他们干活儿又熟练了许多,大伙就不顾生产队长反对,一致赞成将中学生每个工作日的底分提升到了八分。

为了给晚稻备足化肥,生产队决定将最先晒干的一批稻谷用于公粮。

仗着在牧场打好的体力基础,此时的我早已通过了挑担子这一关,挑一百斤的稻谷奔走十来里路并不吃力,我也很乐意在中学生们面前露一手。可是队长舍不得放这几位插秧和割稻的高手去干别的,"虾兵蟹将"们仍然留在"双抢"第一线,送稻谷换回化肥的任务,就让我和另一个小伙子包干了。

这天刚把买回的农用氯化钾送到田间,刘小海就给我们带来了工厂招工的消息。

东跑西颠又善于交际,小剃头匠不愧为消息灵通人士。他说,今年不光棉纺厂,市氮肥厂和县城水泥厂也需要人,而且不限于女工。上午他给一位下田干活儿的公社干部剃头时,听人家提到了学校送到公社的招工推荐名单——他特地问清楚了：我们队的四个毕业生都在上面，杜兴花排名第一！

田间忙碌的中学生心里便多了几分期盼。

不久，刘小海又听说"大脚"他们那个班家住乡镇的三名男女同学凭着学历被挑中。这些孩子都要进工厂的技校接受培训，年满十六后，就可以成为正儿八经的工人了。

幸运很快就要降临在中学生身上！大伙都为他们高兴。

一再被点燃的希望，搅得几位毕业生心神不定。割稻插秧，常看到他们停下手中的活儿，去眺望大路上走来的陌生人。偶尔传来的自行车铃声，更是敲击着他们的心弦。

——那些骑自行车而来的人，都有可能是为他们带来好运的招工人员！

父母和小伙伴们的心情，便也随着他们一道起起落落。

6

机会却一次次与山沟沟里的娃儿们失之交臂。

招工季过去了,我们整个大队,不管够没够年龄的,没有一个当上工人,没有一个孩子有幸成为工厂技校的学员。

生产队长以他一贯的豁达,来看待儿子招工落选的事。

"全区四个公社四十多个大队五万多人,统共就招收了二三十个工人,哪能每个村都轮上?"趁着田间休息,他召集中学生们训话,"安心当农民吧,咱们生产队缺少的就是劳动力——像你们这样勤劳肯干又能写会算的好后生,我还真舍不得放走!"

他的训话其实多余。

就连为获得招工资格特地多读了两年书,而且最有希望进城当工人的"大脚",都未流露出过多的失望,她们母女俩仍然在地里忙活。

"虾兵蟹将"也一个个埋头干活儿。

平川地那些幸运儿远走高飞的消息像是掠过田间的阵阵山风,吹过就算了,并不曾影响中学生们干农活的兴致。

晚上,听到电影队进山的消息,他们依旧兴致勃勃地追着看,从大队部,追到邻村,甚至邻乡……

为了看《列宁在十月》，那个夜晚我跟着一伙青少年翻山越岭跑了十多里地，站着看完了电影又步行回家，全然忘掉了"双抢"的劳累。

第二天，大伙照样天蒙蒙亮就出早工拔晚稻秧苗了。

队长对"突击小分队"的赞赏一如既往，而我们生产队的"双抢"进度，依然在全大队遥遥领先。

7

早稻收晒进仓，晚稻栽插完毕，暑假还有一大半，队里就不再硬性要求十六岁以下的中学生出集体工了。

跟随他们下田"操练"玩耍的小学生，也迅速转移了兴趣。

村娃儿们恢复了一贯的散漫，恢复了在烈日下、在风雨中忘乎所以的狂欢。除了替自家砍柴，男孩儿仍然沿着溪流钓鱼摸虾、结伴儿去溪谷中段的深潭游泳，还试图打探黄鼠狼和竹鸡的老巢。

这帮有着"铁砧""石头"和"狗伢崽"之类乳名的小家伙一个个名副其实，精力无限，他们永远

山林的回声

是大自然的宠儿。

女孩子盯上了山坑里的芒草。

生命力超强而且四季常青，芒草在南方乡下又被叫作"冬茅"。它总是迅速占据被人们撂荒、遗忘掉的山场土地，或者填补山洪塌方泥石流制造的空白区域，在那些地点承担起水土保持的重任。

因此，山里人并不仇视它的霸道。除了割嫩芒草喂牛，善于利用自然资源的农民还拿它盖屋，当柴火。

七月中旬，成熟的芒花飞雪般随风飘荡，"大脚"和她的女伴儿要割芒草了。她们需要的只是抽穗开花的茎秆上端，用来编制家用的扫帚。

芒穗扫帚轻巧柔软而又结实耐用，即使销售到县城、省城，也比高粱扫帚和棕叶扫帚更受欢迎。因此每到这个季节，供销社都要大量收购。

队里有片旱地对面就叫"芒花垅"。

那一整片陡峭山坡都被芒草覆盖。由于背阳，这儿的芒花开放比别处要迟得多，是孩子们"双抢"后割芒的首选地点。我们去地里给红薯施肥、培

土时，能隔着山坑将那一边割芒草的忙碌场景尽收眼底。

芒花轻柔，软如云絮，它暗藏着微型锯齿的叶子可是具备"切割"功能的，一不小心，就会划破手脚、脸颊。加之丛生在陡峭山坡上的茎秆高达两米，小孩子很难够得着，他们就给镰刀装上长柄，小心翼翼地将高处开花的芒秆"捞"近身边，再一根根割下。

与田间讲求速度的割稻和插秧相比，这种工作如同轻歌曼舞般轻松愉快。起伏的芒草绿浪和触动茎秆搅起的芒花"雪雾"中，便时时传出女孩儿们的逗闹和高声欢笑。

为了保护双脚不被芒叶割伤，"大脚"难得地穿上了胶鞋。

这急性子的女孩儿割芒草也显得与众不同。似乎不耐烦一根一根地"捞取"，她总是将长长的扦担（两端削尖的粗竹竿或木棍，用于挑稻草、茅柴）横拦在芒草中段，借助自身体重猛扑过去——

芒草顿时倒伏一大片，割起来痛快多了。

有些女生也学她这样，但她们不够勇猛，力气

也小了些,弹力十足的芒草在遭碾压的中途往往发起反抗将人掀倒。

无可奈何,女孩儿们还得向"头儿"求助。"大脚"就上上下下地跑动,充当着"芒草碾压机"和技术指导。

互助组极大地提高了效率。不一会儿,割下的带穗芒秆被她们缚成小捆大捆,挑着回家了。

下午进山的割芒草队伍明显缩小了,那些家境较为宽裕,只打算为自家使用而制作扫帚的孩子,没必要获取太多芒穗。

指望用扫帚换回时髦凉鞋、自来水笔、花头巾的那几位,也都根据各自开销计划的大小付出有限的劳动——芒叶隐秘的"杀伤力"可不小,稍不注意,就会在手上、脸上留下伤痕。

那可是女孩儿们最忌讳的!

割芒草的孩子每天都在减少。

再后来,穿过芒花垅的小道上只移动着两大捆芒秆,不用说,它们中间夹着的矮小身影,必定是"贪婪"得忘乎所以的"大脚"。

这个干啥都有着明确目的性的女孩子日复一日

地忙碌，她必须抢在芒穗干枯、失去韧性之前备足材料，在这个割芒草的季节实现她既定的经济目标。

8

杜兴花还忙于割芒草时，新的一轮"竞技"已经在生产队的晒谷场上展开。

说"竞技"，无非是我们这些旁观者的猜度。清理芒穗和编扎扫帚的孩子们从容不迫，似乎并不打算通过技巧和速度一较高低，她们只是习惯了到一起干活儿，习惯了在说说笑笑的集体劳作中享受充实与欢乐。

芒秆在手指间交织、抖动、盘绕，抖落的白色芒花绕着一张张小板凳渐渐堆积，微风吹过，板凳上的小姑娘们如同驾着小舟在云中漂浮。

洁净闪亮的米黄色茎秆经过恰到好处的扭折，会变得更柔韧，成了捆扎自身的绝佳材料，用不着添加别的，如此环环紧扣、螺旋向上，一把把轻巧漂亮的扫帚眼看着成型。

接近尾端最好"炫技"：有的织成"盘头辫子"，有的模仿宝塔上的葫芦顶，就连安装在一侧的细小挂襻，也透出制作者的匠心和个性。

最后"割顶"那一刀颇显功力——既要"九九归一"收束完美，又要强化整体结实的外观，才能通过供销社收购员火眼金睛般的严格验收。

云絮似的芒花也不会浪费，它们被收集来灌进枕头或制作成超级柔软的坐垫，送给她们的爷爷奶奶。

从那儿路过，我也曾拿过一束芒穗尝试编织，结果折断了好些茎秆，成品还难看得要命。

可见这看似简单的手艺活儿，也非一日之功。

一天，两天，三天，露天作坊里的"工匠"越来越少。

等到"大脚"动手加工制作，为芒穗忙碌的女孩儿只剩下两三个，"作坊"的地点，也收缩到了各家的堂屋里。

据老魏家的满妹子说，"大脚"扎的扫帚算不上最漂亮的，但谁也没有她快——这务实的女孩儿追求的仍然是效率。用来扫地的工具最要紧的是耐用，只需要通过验收，就没必要为弄得过于花哨而耗费太多时间。

因为原材料准备得充足，"大脚"的扫帚制作坚持了好久。

9

不知道杜兴花在这个芒花季究竟扎了多少扫帚。一连多少天，到梯田里为晚稻施肥时，我们都能看到她给供销社送货。

顶着秋天的艳阳，挑着成捆扫帚从田边山道上走过，女孩儿的赤脚片子啪嗒啪嗒踏响了发烫的泥巴路。扫帚的芒穗梢头残留的芒花随风飘飞，像调皮的小虫子，时时沾在她汗湿的额头，或者停留在她稀疏发黄的发辫间。

"'大脚'，放下歇歇！"有人招呼，"要不要我帮你挑上前头那段陡坡？"

女孩儿笑着摇摇头，赤脚片子踏得更欢快了。

望着"大脚"爬坡的背影，后生仔们免不了谈论起她们母女俩落空的招工希望，无不慨叹。

但忙碌的"大脚"似乎没把那事儿放在心上。干完这个，她和小伙伴们又找到了别的目标：秋天的凉风送来了新一轮的草药采集——紫苏、益母草、

马齿苋以及植株酷似含羞草,背面却结着红籽儿的"叶下珍珠",还有长着心形叶片儿,气味异常辛辣的鱼腥草……

总之,供销社和卫生院挂牌收购什么,村娃儿们就采集什么。

然后,他们根据各种药材不同的收购标准加工、晒制,仿佛一群经验丰富的小药农。

勤劳聪慧的乡村少年永远不会闲着。

难道不好玩儿吗?这不仅仅能为小家庭增加收入,也是与大自然亲密接触的高档次游戏啊!

"大脚"更不用说。离开了学校,她仍然是大孩子们心目中的班长,是曾经为山村少年争得过荣誉的冠军。看得出,大多数情况下,中学生们的采集,依旧是班长带领下"突击小分队"的集体活动。

终于未能等到招工的机会,这个要强的女孩儿会怎么想?

从没听她说起过。

但凭她干活儿一贯的泼辣劲儿,我相信"大脚"杜兴花绝不至于停留在失望的阴影里。她的母亲,也仍然会为有这样一个女儿而骄傲。

洁净闪亮的米黄色茎秆经过恰到好处的扭折,会变得更柔韧,成了捆扎自身的绝佳材料,用不着添加别的,如此环环紧扣、螺旋向上,一把把轻巧漂亮的扫帚眼看着成型。

——依靠辛勤劳动还清了多年"超支"欠下的债务，活得滋润而又扬眉吐气的母女俩已经很满足了！

村校

女教师·小先生·单人校的"复式班"

1

我落户的大队（行政村）管辖着十四个生产队，总共有四五十个"自然村（村民聚居的屋场）"，分散于十多公里的狭长溪谷和山坳、坡地间。为了方便农家孩子就近入学，上上下下共设有四所村校。

最下端的一所，离我们生产队大约两公里，好像只有一位老师。

就在我当上农民的那个春天，有天傍晚，傍着

山林的回声

谷底溪流的村道上不知从哪儿窜来一条疯狗，一连咬伤两三个人后，它扑向一群刚刚走出校门的小学生。孩子们惊逃四散，正在学校院坪边种瓜的女教师随手抓起一柄二齿锄冲出去，抡起了锄头拦住疯狗……

听到学生哭叫，几个在近旁田里干活的青年农民急忙奔上路坎。等他们赶过来，女教师早就仗着手中锄头把疯狗给"解决"掉了。

老师保护学生属应尽的职责，村民们当作新闻传说过几回，也就丢开没人再提了。

我却丢不开。

早先在牧场干活儿，师傅曾反复叮嘱我要提防狂犬伤害人畜，说被咬后如果治疗不及时，一旦狂犬病发作，死亡率高达百分之百。

那还是二十世纪六十年代，偏远点儿的县城，正规医院都未必能随时拿出需要冷藏保存的狂犬疫苗——女教师那会儿简直是与死神擦肩而过！

身为老师，不可能不懂得狂犬病的危害，可为了保护学生，她毫不迟疑就冲上去了，并且处理得那样干净利索。

设身处地想想，我这个十六岁的男子汉未必能干得那么漂亮！

那以后，去乡镇送公粮、挑化肥路过学校，我总忍不住朝教室多看几眼，希望认识这位可敬的女中豪杰。

但我一次也没见着，只偶尔听到她在教室里讲课，或是回答学生们的提问——说的是方言，音量极大，音色有些沙哑，大约年岁不小了。

2

早稻栽插后的某天早上，我正准备出工，大队长找上门来，说下头村校的纪老师生病住院了，要我去代替她上几天课。

我大吃一惊："狂犬病吗？"

大队长说："疯狗连身子都没沾上她呢，哪能就染病了？赤脚医生讲她得的是阑尾炎，急性的，要送到县城医院动手术。纪老师一大早就搭手扶拖拉机动身了，你得快点儿赶到学校，最要紧的，是点清人数，拢住那帮娃崽，莫让几个调皮蛋四处去捣乱！"

我说:"你不知道我这'知识青年'是冒牌货吗,我教不了,找别人吧。"

大队长说:"谦虚啥?代课人选是纪老师亲口推荐的,她说全大队的标语就数你们生产队写得最规整,让我把写标语的人找去,我也当然晓得是你写的。别磨蹭了,'借调'你的事,刚才通知了你们队长——中午也不要回来,就到我那儿吃,我家离学校近得很。"

推辞不掉啦。既然大队长和没见过面的纪老师都这样信任我,去吧!我给自己鼓劲。再难也只有几天,咬咬牙就挺过来了。

3

看看墙上的小挂钟指着七点,我换了一身没打补丁的干净衣服,跑下山坡,沿着溪边曲曲弯弯的小道直奔学校。

这所学校是由拆剩的半座祠堂改建的。

拆屋留下的断墙,被当作了小小操场的一半围墙;墙外挺立着一棵枝繁叶茂的老樟树;树下,靠村道一侧挤挤挨挨栽了些瓜和菜,好像还有花苗。走进里面，只看到一间大教室，旁边一个锁着门的小房间，大约就是老师的办公室兼住房和杂物间了。

隔着窗玻璃瞧瞧，办公桌上方吊着个孤零零的电灯泡，下面有一盏大号煤油灯。油灯半葫芦形玻璃灯罩颈部套着的一只纸灯罩引起了我的关注。

在乡下，但凡要依靠煤油灯看书、写字、做针线，都得加上这层纸罩，使光线向下方集中而不至于晃着眼睛。但一般都是随便拿张废纸撕个洞洞套上去，像这样镂空了的花式散热孔，外沿剪成荷叶边中间还画了彩图的，还真少见。

这个纸罩上画的是山水，风格近乎写实的水彩画。对了，同样讲究的纸灯罩我还在老魏和生产队长家见过——他们都有儿女在纪老师这儿读过书，那些漂亮的灯罩，肯定是老师亲手制作了送给学生的。

油灯一侧，堆放着作业本和粉笔、墨水的桌子上，一口双铃闹钟正对着窗口，钟面有只带幼崽的黄母鸡，随着秒针嘀嗒一上一下地啄食。

我转到教室门口。

学生来了一大半，大大小小三十来个不同年龄的孩子挤在大教室的前半截，各自拉长了声调抑扬

顿挫地念书。靠门口这一边，坐在最前排的两个小孩儿看样子都不满五岁，也装模作样地捧着课本，跟着咿咿呀呀。在书本的掩护下，不时有黑亮的眼珠子朝我偷窥着。

未到年龄提前入学在村小是常事。有些家庭没老人照看，出集体工的父母担心儿女在家里"反"得无法无天，只好丁点儿大就送到学校托付给老师管教。所以，村校往往还得承担一部分幼儿园的任务。

我有能耐管得住这么一大群小孩儿吗？心头冷不丁又闪过都德的书中那个"小东西"——干吗老想到那家伙啊，我恼怒地责备自己。你不是小不点儿的达尼埃尔，是堂堂正正的全劳力男子汉，是一名生产队干部！

下定决心后，我大步跨进了教室。

见我直接走到黑板前，满教室的朗读声静了下来。

记起村主任的嘱咐，我先取下挂在黑板边的花名册查点人数。从一年级查起，点到四年级的学生时，应答声却从教室后头传来，但不见他们进教室。

我绕到后面，顺檐沟找到那儿，看到一个杉皮盖顶的猪圈，一男二女三个十岁上下的大孩子正在那儿切草、拌谷糠粉，准备饲喂木栅栏内吱吱乱叫的两头小猪。

我问猪是不是学校的，他们说不是，是老师自己掏钱买来的。

我皱了皱眉："平时也给你们分配任务？"

一名女生说："没分配，看到老师太忙，我们就来帮帮。"

嘎嘎嘎的嘈杂让我发现檐沟另一端还有篾栅子围着的十来只鸭子，有个女孩儿用饲料把鸭子引开了，就端着一把葫芦锯成的瓜瓢，在栅子内的草窝里翻找，捡拾鸭蛋。

我只好催促他们快点儿干完，回教室继续点名，又从屋侧的豆角和瓜棚后找到四年级的另两名男生，他们正在菜地锄草、浇水。

4

好不容易等这些"忙碌"的学生回到教室，远道的孩子们也差不多到齐了。

一位班长模样的高个儿女生宣布起立、敬礼、

老师好、坐下，我才挪过纪老师留在桌上的教案。翻开看看，脑袋里嗡的一声乱了许多——

纪老师的备课本是四个年级交叉安排的，而且语文算术珠算五花八门混杂在一起，间或还出现一段标着简谱的歌词，简笔勾画的两棵大树间，一个背书包的卡通人物冲着我笑，这大约是为学生准备的图画课范本。

备课本彻底颠覆了我对课堂的认知。如此复杂的课该怎么上啊？

还没理清个头绪，教室门哐地开了，一声"报告"，又进来两个学生。其中那个汗流满面的女生背上驮着个约莫两岁的大脑袋娃娃。小娃儿看着我，瘪瘪嘴哭了，教室里便嗡嗡嘤嘤乱了起来。

我挥挥手，让他们赶紧回座位。

带弟弟的女生直接走向教室后头，解开背带，把小家伙放到墙角的一只椭圆大木桶里，又掏了几块红薯片塞到他手里，自己坐到了离墙角最近的一张课桌后。

大约习惯了这样的待遇，小娃儿咬着红薯片没再吭声。

可这还像课堂吗?

心里烦躁,我合上备课本,给他们讲起了自己前不久在山道上遭遇的豺狗子,要他们尽可能结伴上学。

讲台下顿时安静了许多。孩子们大约在把我讲的当故事听,我讲完了,他们还静静地等着。

受到鼓励,我干脆把看小说得来的动物小故事一口气讲了两三个。

孩子们表现得都很专注,我却忽然刹住了话头。你是奉命来代课的啊,不能太不务正业!我提醒自己。但要同时对付四个年级的五十名学生,除了讲故事,我还真拿不出别的办法!

要不,来个突击识字吧!

记得在城市读小学时,学校让我们积极参加"扫除文盲"活动,给街道上的老爷爷老奶奶们当"小先生"。我摸索出一套让"学生"的识字数量突飞猛进的妙招,一再得到居委会和学校的表扬。

于是我以二年级教材上"割草"一词为引子,在黑板上写了两串同音字:

割——咯隔葛鸽革戈嗝搁格……

草——曹糙操嘈槽螬漕……

学生们见到粉笔下出现了认识的字,就争抢着大声念出。四年级的几个最神气,不过,他们中间识字最多的也只认识一半。

我就在每个字上面标上声调符号,说别担心,这些字全都读 ge cao,一个会念了,其余的就跑不了啦——现在认识了吧!

"认识了!"全体学生高兴地喊,满教室"gegegege"地闹腾起来,仿佛闯进了一群鸡。

我说光晓得念什么音不能算完全认识。就给他们讲解字义,教他们组词。

然后我让一年级的照着抄写,二年级的给词组加上拼音,三、四年级的挑出一些词来造句……

好了,课堂总算引上了正轨,有了几分正儿八经的"教学氛围"。

5

松了口气,我模仿印象中老师的派头,背着手在课桌行空间走动、巡视。

让我欣慰的是学生们大多数都很认真,写字规规矩矩一丝不苟。几个大孩子造句还先打草稿，再誊到作业本上。

我居高临下地浏览了几行——这是"造句"吗？都扩写成小短文了！

那位班长更是按照我的解释，将"蛴螬"一词几乎写成了一则说明文。大约纪老师鼓励他们做这样的扩写练习吧。

再往后走，陡然跟木桶里的小娃儿打了个照面，他鼻子一皱又要"哇"，我急忙把目光挪往别处，唯恐把他吓哭，破坏了好容易才争取到的"氛围"。

转到教室左侧，只见二年级行列里那名迟到的男生放下铅笔，把手往衣兜里掏。他在干啥？见我走到跟前，他赶紧捂住那湿得像要滴水的衣兜。

我把手伸进他的衣兜，抓着一把滑腻腻的——哇，是蝌蚪、螺蛳和泥鳅！我忙不迭地放回去。尴尬地在鞋帮上擦着手，我小声问他抓这些做什么。

男孩儿说是带给鸭子的，迟到了，没来得及去鸭棚，就进了教室。

原来他迟到竟然是为这个！

"去吧。"我恼火地说，"还有谁带了鸭食的？"

　　三年级那一行站起个蓬头散发的小姑娘,她还算讲究,把捕来的螺蛳、虾子装在一只系着绳襻儿的大口玻璃瓶里,显得挺专业。

　　我打发这两位赶紧去喂鸭子。再打量一下其余的孩子,一、二年级够得上蓬头散发标准的小脑袋还有好几个。

　　我说你们几个这样不讲卫生,纪老师不批评吗?

　　高个儿女班长说纪老师从来不骂人。

　　我说那她一定常常被你们气得流眼泪,对不对?

　　"才不呢,"另一个声音低低地回应,"她给我们洗头、梳头、扎辫子。"

　　——敢情这几位是特地留着等老师打理的!

　　我对班长说那好吧,纪老师不在,替她们几个清理脑袋的任务,就交给你们四年级的女生了。待会儿我要检查的!

　　然后我让她宣布下课。

课外活动和学农基地

1

学生们一窝蜂涌出教室的刹那,外头忽然响起了急促的铁皮口哨声。我绕到办公室窗口看看闹钟,才发觉第一堂课就拖过了两节课时,按课表安排,这会儿该做课间操了。

伸长手臂拉开间距,自动站成体操队形的五十个学生刚好撑满了整个操场,却没按年级列队,而是大小错开,每个大孩子前头站着个小的。班长和另一名女生在队尾左右两个角"压阵"。吹着哨子领

操的,是三年级男生里头那个块头最大的,应该是文体委员吧。

"这个队形倒挺有特色,"我在后头对班长说,"只是太不整齐。"

"不这么站,管不住一二年级的细伢儿,"班长说着停下来,去纠正前头那个小孩的动作,"我们都分了工,一带一,每人管一个小同学——不光做操,下课也得留意着,不能让他们跑远了。"

院坪只有一半围墙,是得提防小娃儿乱跑。可三、四年级的学生同样处于调皮阶段,谁也不是省油的灯啊。

班长说升到了三年级的都要帮老师带好小同学,原先爱打架的自然就变规矩了。"……喏,那个喊队领操的早先就是个出了名的'刺儿头',"她悄声说,"现在你瞧瞧——"

曾经的"刺儿头"满脸严肃,叼着铁皮哨吹出节奏,精神抖擞地领操,举手投足十分到位。

不一会儿,课间操做到了第八节——跳跃运动,一百只脚把泥巴地跺得嗵嗵作响,气势非凡。随着"解散"的口令,哇——!村娃儿们发出超大音量的欢叫声一哄而散，但立即又无可奈何地聚拢来，仿佛巨石在小小池塘中间溅起的浪花，撞向池壁迅疾弹回。

——对于山野田地间自由惯了的山娃儿来说，墙壁和村道围困中的操场实在小得太可怜了！

一、二年级的都集中到了我身边。我寻思他们是出自某种"条件反射"，大约平时课间操后老师还要带他们做些什么游戏。

这当儿班长打开了门锁，从纪老师的住房里拿出脸盆、毛巾和梳子，又去路边泉井提水。几个大女生就从小同学里揪出那些比较突出的蓬头散发的小学生，牵成一串儿带到走廊上去了。

我趁机抽身回到教室。

那位做姐姐的已从木桶里抱出弟弟。小家伙刚睡醒，还没来得及侦察环境，就被一群小孩众星捧月般围住，仿佛他是一件有趣的玩具。

我走过去看安顿小娃儿的大木桶。原来桶底铺着稻草编织的垫圈儿，伸手按按，还挺软和，难怪小家伙坐得安心、睡得惬意。

"是纪老师做的，"一名跟了过来的男生说，"木

桶也是她扛来的。小胖墩儿来了也放在里面,让大头带他玩。"

我说难为她考虑得周到。"大头"必定是这位挺受同学们欢迎的弟弟,那么,"小胖墩儿"又是谁?

男孩儿却跑远了。

我又到窗口看了看表,离上课时间还有一阵子,就跟到院坪里,去看挤在那狭小空间里跳绳、踢毽子的一群孩子们。

几分钟后回到教室,原先脏兮兮的几个脑袋上都支棱起了挺精神的小辫子,耳朵和脖子也洗得干干净净,看上去顺眼多了。

我就另写了几长列同音字,仍然教一二年级的组词,让三四年级的造句,一上午居然轻轻松松对付下来。

2

中午放学,大队长打发他三岁的小儿子去叫我吃饭。

我匆匆扒了两碗赶紧回了学校。三四年级几名男生早到了,他们把坐凳靠墙排成一溜,将八张双人课桌在教室后半截拼接好,用断砖头搁起一根竹竿当网子,准备打乒乓球。

他们拿出的球是那种不规则的彩色"鸽子蛋",比我们平常玩的直径要小三分之一,拍子倒是比赛用的单面"海绵带胶"。记得我小时候也买过一副跟这一模一样的,花了五块六角。

见我对乒乓球拍感兴趣,孩子们报告说是杜兴花送给学校的。

杜兴花——"大脚"——她怎么有闲钱买这个?

"她的奖品啊,县城赛跑冠军得的奖!她拿着没用,就送给学校了。"

"纪老师叫我们好好练习,"一个三年级男生说,"将来也跟杜兴花一样,去县城比赛,得冠军,给我们大队争光!"

我把拍子还给他们,两个男孩儿就乒乒乓乓对打开了。

这样的乒乓台和"鸽子蛋"肯定操练不出冠军。但山里娃儿喜欢上了这项运动,纪老师的目的也就达到啦。

男生们打的是淘汰赛,可没人在旁边等,被打

下场的和还没轮上接场的,都忙着干活儿,去地里除草。

我到外头转了一圈儿,看到地边竖着"学农基地"的木牌,原来除了瓜菜,稍远处那片豆子和玉米也划归学校了,面积大约有三到四分,学生们说都是老师带着他们种的。

"喏,我们还在那边插了红薯苗!"有个学生指着对面山坡。那是一片搁置了很久,在山坡一侧的旱地,全靠雨水丰富才可能有收获。

近边这些大豆和玉米倒是种在很好的水浇地里。学生们自己按男生女生划分了责任区,眼下女生那片豆子地里的草都清除得干干净净,男孩子不甘落后,又舍不得耽误了打球,于是采取了这样"两不误"的措施。

他们指挥一个二年级的小孩当传令兵,跑进跑出地叫人,叫到名字的就急忙扔掉锄头跑进来,放下拍子的那位就接着去给玉米锄草。没有锄头的,也忙着拔草、捉虫。

有两个男孩不乐意循规蹈矩干活儿,各自用装了长柄的篾圈儿绕上几层蜘蛛网,去黏玉米苗上空飞翔的粉蝶和跳蹿的蚂蚱。忽然，一个孩子奋力挥舞他的粘网追到水沟边，在蹚湿了布鞋的同时粘住了一只蜻蜓。

"快放掉，"一旁锄草的大孩子喊，"蜻蜓是益虫！"

"这是个坏的，叛徒！"追捕蜻蜓的孩子怒气冲冲，"它刚才咬死了自己人！我非得拿它喂了鸭子不可！"

大孩子就扔了锄头跑过来，抓住他的粘网长柄去验证。

成了俘虏的蓝蜻蜓在网上振翅挣扎，它那网兜般抄拢来的六条腿中，果然还抱着半只橘黄色同类的残骸。这一来大孩子也拿不定主意了。

见我到了地边，几双眼睛都盯住了我。

这是逼着我当裁判了。我只能告诉他们：蜻蜓抓捕的大半都是害虫，所以说它们对庄稼有益；可它幼年期在水里生活的时间长达两三年，既吃孑孓（jiéjué）那样的害虫，也捕食青蛙养育的小蝌蚪，非要"追查"的话，恐怕每只蜻蜓都糊里糊涂地做过"坏事"……你们说，它们究竟还算不算益虫？

裁判权又交还到了他们手里。

几个男孩儿嘀咕了一阵,决定放掉那个"无意中做了坏事"的虫子。他们从蛛网上拈下蜻蜓,不客气地夺下它未吃完的食物,却小心地抹干净那透明膜翅上残留的蛛丝,然后用力抛向空中。

侥幸捡回了性命,大蜻蜓翻了个跟斗,摇摇晃晃地飞走了。

3

三四年级的女生陆续赶到学校后,也进了玉米地。她们将男生们锄下的野草一捧捧搂到后头,喂猪喂鸭子。

我说你们干活儿倒挺自觉的。喂猪喂鸭的事分配到人了吗?

指挥干活儿的班长说用不着分任务,谁到得早都会跟着老师一起干活儿。家里有弟弟妹妹的就去帮老师哄娃娃,他们有经验。

啥——这位"老教师"还有那么小的娃儿,而且把娃儿也带到学校来?

"我们老师不老,还不到四十!"

"当然要带啊，小胖墩儿还得吃奶！"

"……这回纪老师要去开刀，才把小胖墩儿送到他外婆家去了！"

说起老师和那个被叫做作小墩儿的孩子，学生们七嘴八舌十分兴奋。

我却在想：喂猪养鸭种地栽菜还得带孩子，纪老师能有多少精力放到教学上啊，大队长就不管管吗？

可我既非大队干部又不是学生家长，面对这些兴致勃勃介绍老师和她的娃儿、她的菜地、她的猪和鸭子的小学生，我能说什么呢。

说起纪老师的病，就有几个同学围着我打听盲肠炎是怎么回事，有没有危险。我说他们老师得的应该是阑尾炎，属于小手术，及时切除就没事了。

他们听后才放心散开。

4

下午上课时间到了。

走进教室安顿好秩序，我看了看贴在黑板边的课表，上面排的却是连续两节劳动课。

我问他们这种课该怎么上，大孩子们说劳动课

山林的回声

在课余时间上过了,纪老师的劳动课时间,都要用来上正课的。

我说那咱们也上正课。就从前排同学桌上拿过一本语文,想找出几个同音字更多的词儿。

"老师,"班长小声提醒,"教了半天语文,该上算术了!"

我瞥了一眼复杂透顶的备课本,脑壳又有些发晕。

可农村家长挺看重算术,我不能绕过去。想了想,我说:"好吧,今天教你们两位数乘法——能背九九乘法表的都一起学!"

"那个太容易,"四年级的同学抗议,"我们早学到多位数乘除了!"

我说我晓得你们会,可是你能随口说出七十五乘七十五等于五千六百二十五、三十二乘三十八等于一千二百一十六吗?如果愿意学,我可以让你们的心算比大队会计还要厉害!

孩子们很吃惊。班长和另一个男生拨动算盘珠子,把我信口报出的两道题目得数验算了一番,私下里嘀咕片刻,说他们愿意学。

我在黑板一侧写了一版加减法题目，让还没学乘除法的去练习，然后就借助小时候从趣味数学书中学来的速算法，挑选容易掌握的入手，让其余的那部分学生惊喜参半地度过了一个下午。

5

有了点儿经验，第二天的教学顺利多了。

除了整版整版同音字的"突击识字"训练，我尝试着按照纪老师的教案讲课。

挑选教材上的题目测试了一下，我发现他们的学习并非我担心的那么糟糕，部分学生的"应知应会"，甚至超出了教学参考书上的要求。

这位纪老师教"复式班"的确有些办法！

听大孩子们说，纪老师上下午的读报课时间都要给他们念一段故事。我到办公室里翻了好一阵，却没找到一本课外书，只好把这两个二十分钟都拿来上正课，做作业，而将讲故事和教速算法作为对全班的奖励掺杂在其余正课教学之中，每当发现学生情绪有些低落，我就拿出来给他们提神。

大约在各自家里表演速算法受到了大人的鼓励，

学生们对学习新鲜玩意儿的劲头更足了。

接下来的两天,我除了继续介绍速算法,还教他们画简笔漫画、写花体字,做"默比乌斯环"……

这类一学就会、一会儿就能给家里人表演的技艺,使村娃儿们大为高兴,我也不觉得上课有多难熬了。

只有一次,小猪不知怎么逃出了猪圈。我正讲着课,教室门忽然被拱开,两头猪哼哼着闯了进来。刹那间教室里乱成一团,所有的大孩子小孩子都投入了抓捕,我也只得放下老师的架子,去帮着逮猪。

唢呐般的尖叫宣告堵在教室一角的那头猪被擒拿归案,另一头却破门而出,一头钻进了玉米地。几个男孩儿急忙从两面包抄,把猪赶进了水沟。

见两端被堵,那头猪猛力蹿出,冲过村道,扑通一声摔入路坎儿下的活水塘。

担心学生们冒险,我抢先扑下水,在齐脖子深的池塘中间追上了游泳的小猪,一把揪住它的后腿,拽回岸边。

男生们欢呼着接过哇哇尖叫的猪崽。

我这副狼狈相可不敢进教室，只好匆匆跑到大队长家里，向他老爹借了身干净衣服换上。那衣裤都有些长大，但总比水淋淋地站上讲台要强。我将裤管和袖口挽了两卷，到路边沟渠里把湿衣服搓巴搓巴，拧干水，晾到教室后头当阳的小树上，我顾不上进教室，先去查看猪栏。

文体委员和另外两个男孩儿用大铁钉把被猪崽顶开的木条钉好，班长在给两个被揪回的逃亡者喂"加餐"，稳定它们的情绪。

我将猪圈四面检查了一遍，找来几块废木板，又帮他们加固了两处薄弱环节。

"小猪经常逃跑吗？"我问。

学生们说，刚买来的那天中午就逃过一回，这下逃不出去啦。话虽这么说，看孩子们意犹未尽的喜色，倒像是巴不得经常有猪逃出去似的。

可不是吗，无论小猪还是鸭子，在山村娃儿眼里都是宠物和玩具！

中午，乒乓球爱好者们照例乒乒乓乓摆开了战场。别的男孩儿女孩儿不是去地里捉虫，就在操坪

山林的回声

里跳"房子"、跳橡皮筋和滚铁环。

我坐在教室门口,读着一本带去的袖珍诗集。

剃头匠刘小海来了。他把讲台下的高凳拿到教室外的走廊上,就点着名儿,让我帮他将几个头发稍微长一点儿的小男孩儿一一逮过来。

"莫以为躲到学校里就逃过了我的剪刀!"揪住一个男娃儿摁到高凳上,小海给孩子们训话,"顶着一脑壳茅草窝,哪里还像学生样子?"

我暗自庆幸——要不是几天前他替我"斫"掉了满头乱草,此刻的我真正无地自容了!

可是几个五六岁的小家伙并不买账。"上回你就说我的头发落到地下要变黑兔的,"坐在高凳上的那个男娃儿高声抗议,"变了吗?变了吗?"

"我今天还要叫你的头发变兔子,"小海认真地说,"你们看我施法!"

说着,他从纪老师房间里搬出一把有靠背的竹椅,将一只椅子脚搁在麻石砌的阶沿儿上斜立起来。

"注意了——你们等着,要是我剪完了一个头椅子还站得好好的,地上的头发立马就能缩成一团、变出兔子——上星期我给巧巧她爷爷剪的头发,就是这样变的，呵哟，好玩得很！满地白头发搅在一起，打个滚儿，眨眼间成了胖乎乎的大白兔……"

"你吹牛！巧巧说她没见到！"

"兔子多快啊，等她跑过来，白兔早就一溜烟冲上山了！"小海说着，松开了扶住椅子的手，那独脚着地的椅子果然立得稳稳的，"看到了吧，不懂得使法术，椅子一只脚是站不住的！"

小海让孩子们盯着，自己去给高凳上那一个剪头。

不料刚动剪刀，一阵风吹过，竹椅咔嗒一声倒下了。小海说，完了！这个男孩儿的兔子变不成啦。莫急，等着看下一个！

于是，在为第二个小孩儿理发前，他依旧耐心地将竹椅摆放成独脚站立。

这一次立得更稳，竹椅真像被施了魔法似的，杵在那儿一动不动。不过，第二个男孩儿脑袋快要剪完时，椅子还是倒了。

"可惜啦——就差一点点。苕瓜，你运气还差了一点点！"小海叫着那孩子的小名儿，"我就不信变不出兔子！你们几个小家伙里头，肯定会有运气比

苕瓜更好的!"

这一说,剩下的几个都争着要先剃头了……

直到我手里的小册子读了一半,那六颗小脑袋也全都给拾掇得光鲜亮丽,单脚竖立的竹椅子还是没一次坚持到最后。头发变成兔子的奇迹,仍然只活跃在孩子们热切的期盼中。

小剃头匠顺利完成了家长们的委托,收拾好工具扬长而去。

几个剃了头的小家伙不甘心,还在那儿尝试让竹椅子独脚站立。我正要打扫走廊,有个三年级学生跑来接过了扫帚,将清理的地上的碎发塞进一个小化肥袋。他说他要卖给收废品的,至少能换到两支铅笔。

竖椅子的几个孩子三番五次都没成功,小男孩儿们没耐心再试下去,开始争论究竟谁的运气更好、离变兔子的那个关键时刻更近。

班长摇响了预备铃,外面的学生跑回来,打乒乓球的男生们赶紧拆除乒乓球桌,眨眼间恢复了课堂秩序。

课余时间,三、四年级的大孩子依旧忙碌,割猪草、浇菜。

6

每天放学，几个大孩子都会自动留下来打扫教室，喂猪喂鸭，然后去附近稻田引水，浇灌"学农基地"里的庄稼……总之是代替纪老师干那些没完没了的家务和农活儿。

担心他们回家太晚，我也留下来帮他们。

这帮小学生不论干活儿还是言谈，都显露出与他们年龄不相符的成熟，看得出在家里都是劳动惯了的。

一个用木棍搅拌猪食的男孩儿却告诉我说，他家里有哥哥姐姐，从不要他干活儿，是老师教的，老师说做惯家务活儿就能养成勤劳的习惯，使手脚变得灵活、能干，还可以让脑瓜更聪明。一名女生也说老师教会了她种菜。今年她傍着家里的自留地挖了一小块菜地，种的茄子辣椒开了好多花。

"去年，我把红黄两种玉米种在一起，结出了'花'玉米棒！"说这话的是一个黑胖男孩儿，"我把玉米棒子带给老师看，她表扬我肯动脑筋，还让我写进作文里。"

"我也那样种了,黄玉米里面没看到红色的!"

黑胖男孩儿就兴致勃勃地向小伙伴介绍起他"变出"花玉米的诀窍。

小学生们一边干活儿,一边大人似的交流着"种地经验",听起来颇有些滑稽,又让人不由得萌生几分羡慕。我记起了知青小廖和"四眼"的争论。真的,像他们这么大时,我的课余时间还整个儿宅在屋子里,脑瓜里装的全是书上看来的东西。这帮小家伙却在拿种庄稼当游戏了,而且干活儿显得这么老练。

纪老师对教育的观点倒与我们那位杰哥有些相似。只是她实在太……

怎么说呢,反正这位有些公私不分而且忙碌得一塌糊涂的女教师,跟我想象中的那位"女中豪杰"的距离越拉越远了!

7

那天上午,有学生说纪老师出院回到了家里,下午要来上课。我放学后就没去大队长家吃饭,直接回了生产队。

我不愿面对纪老师,倒不是有愧于未能完成她委托我的教学任务,而是我担心自己会说出一些不该由我来说的话。

因此,进出村校,我都没有跟纪老师履行"移交"手续。

后来收到她托学生捎来的一张字条,上面写了几句客套话,感谢我帮助她的学生们提高了学习兴趣。

我没写回信,依然是担心自己写出不应该由一个局外人说的话。

做过那么几天代课,去乡镇送粮挑肥料路过学校,就常常有学生拦住我叫老师。

当着一起干活儿的伙伴我不好意思答应,单独见到他们时还是会交谈几句。课余时间,三、四年级的大孩子依旧忙碌,割猪草、浇菜。有一回还看到所有的孩子都在学校院坪里围坐成三个大圈儿,一边唱歌一边剥玉米粒,大概是在上"音乐"课吧。

——他们剥的玉米究竟是"学农基地"的收获,还是又在替那位忙碌的纪老师尽义务?

校外辅导生

1

知道了我能写美术字，大队上要刷标语、刻蜡版印报表或者布置展览，总是第一个想到我。

大队"抽调"劳动力可以抵生产队的上缴任务，我干这些等于给队里挣了钱，因此只要不是大忙季节，生产队长巴不得我多去给大队干些活儿。

而代课老师几乎成了我的专利。几所村校的老师有事请假，大队长都会派我去。这位领导很看重教育，哪怕半天，他也舍不得让学生们耽误学习。

其中有两次仍然是替纪老师代课——一次是她要去开会,还有一回,听说是小胖墩儿生病,大队长又把我叫去了。

孩子们习惯了我这个代课的,什么话都乐意跟我说。

那天放学,几个大孩子说他们要去看望杜立春——立春哥住在半山坬生产队的尾巴上,问我去不去。

我说这也是纪老师交代的吗?他们说用不着交代,每到年节他们都跟老师一起去;老师没工夫的时候,也让他们代表老师去。

我才想起今天是端午节。

天下着毛毛雨,我不放心几个孩子上山乱跑,就跟他们一起踏上了滑溜溜的黄泥山道。

一路上听他们介绍,杜立春小时候患小儿麻痹症一只脚几乎瘫痪,九岁才上学,念完一年级,他行动越发困难,就没上学了。后来,纪老师每个星期六下午都上门给他讲课,布置作业。

"你们也给他讲课?"我问。

"我们讲不了,"班长说,"立春哥,还有学校近

处夜里来上课的玉兰和秀秀……他们几个'校外生'都念到初中啦。"

呵,除了四个年级的复式班,纪老师还顺便辅导着一个额外的初中小组——又是捞"外快"抓收入吧?

"不能讲课,你们去有什么用?"

班长说没什么用,就是去看看。星期六若是纪老师不去,立春哥要担心的,纪老师也不放心。噢,前头那座杉皮盖的房子就是——老师你得当心狗!

话音刚落,屋后郁郁葱葱的竹林里嗷汪一声窜出一条小黄狗。小狗眨眼间弹跳到孩子们脚下,跟他们玩了一会儿,又警惕地嗅了嗅我,终于是兴高采烈地跑开了。

就看那瘸腿少年撑着一条高板凳迎出门来。

他看上去年龄比我略小,显得消瘦而苍白。

2

这是个跟着舅舅生活的孩子。

做篾匠的舅舅长年走乡串户,夜里也很少回来。因此大半时候杜立春独自在家,自己料理生活。没见到纪老师，孤独的少年似乎有些失望。回答我的问话，显得局促不安，分明透出几分自卑。

几个学生就屋里屋外扫地抹窗台忙开了，那熟练程度，表明他们经常来这儿帮忙。

我看到桌上摊开一本好多年前出版的旧《代数》，就挑着划了问号的地方给立春讲解了几道题目。

他不那么拘谨了，才向学弟学妹们打听起小胖墩儿的病，得到已经出院的答复，他放心了，又翻开语文课本向我请教生词。

"上门教学，纪老师收不收学费？"我忍不住问。

"啥费？"他奇怪地望着我，仿佛没听明白似的，"纪老师辅导了好多像我这样的校外生，从不收一个钱——课本是她替我们借来的……老师还掏钱请医生为我治腿。"

那会儿我的脸肯定红了！

幸好他忙于解释刚才提到的腿病，并没在意我的话外之音。他说，早先他根本站不稳，治了两年，慢慢儿能撑着走几十步了；后来眼看着一年年好转，他还瞒着舅舅，撑着单拐到远处的山坑里挖竹子，连枝带根地拖回来移栽。

山林的回声

眼下的情况更好了,医生说,吃完这个疗程的药,再锻炼一个时期,他一口气走三五里路不成问题。

我问他能走了,是不是准备去乡镇读中学?

他说下个月起,他就要跟舅舅学手艺。因为他的手也不如常人那样灵活,这半年,舅舅让他在家"练手"。说着,就将他削的筷子和竹刷拿给我看,又从土墙上取下一把二胡。

"我独自完成的。"他把二胡递给我,"也是为了把手指头练活。"

那二胡做得着实精致,竹琴筒加工成了六角形,琴头还雕了个龙脑袋。我让他拉给我听听,他犹豫片刻,拉了一段花鼓戏《补锅》。

"这是早几年纪老师教的。"提起这些他十分得意,对纪老师自然充满了感激。因为拉二胡带来一个转机:正是见他小小年纪就能拉二胡,舅舅称赞他心灵手巧,才愿意让他长大后学手艺。

他种竹子也是奔着那个目标去的。

篾匠行传下的老规矩:要斫竹锯竹,先要"活竹",才对得起竹神爷。所以他拿定主意学篾匠,舅舅要他做的第一件事，就是种竹。当然这是迷信。可是没办法，行规就是这么定的。

我说这行规好啊！都不种竹，哪来的材料？

"纪老师也这样说，她还帮我种……"

那是雨水连绵的早春。杜立春撑着单拐开始了行动。头天的两趟都还顺利，竹子挖回来栽下了，只不过累出一身大汗。

急于种活更多的竹子，第二天他又去挖竹。

听舅舅说，篾质优良的母竹多长在山埂背面的那片竹林里，这次他走得更远。在拖着带根的竹子爬坡的回程中，一不小心，拐棍撑着了硬石头上的青苔，他连人带竹滑下山坑，手脚和下巴都被乱石划破……

听说立春为种竹子受了伤，纪老师趁寒假带了几个中学生上门，来帮他移栽母竹。竹子成活后发展挺快，老师同学在屋后荒坡上帮他种了二十棵竹，才过去四年，就成片成林了！

他推开后窗。但见满目苍翠，清气袭人；风动竹梢，竹叶上的积水沙啦沙啦击打在杉皮屋檐上。竹

林深处,传出不知名的鸟儿鸣唱。

收拾好了房间的男生女生不顾阵阵"竹雨",各自找到草帽、斗笠,一个跟一个钻进了竹丛。

四年!四年前立春不过十一岁上下,刚刚能撑拐行走,要干这样的活儿实在不容易。我猜想那位舅舅搬出的所谓"老规矩",无非是想考验这孩子的意志;而纪老师插手种竹,是要帮助他建立信心。

立春急于向纪老师汇报舅舅同意他学手艺的事。

学一门能够自食其力的手艺,纪老师当然不会反对的。现在叫他为难的是这书是否还读下去。不读吧,老师上门教了他这么多年,差不多每个星期都来,单单为他一个人,纪老师翻山越岭走了多少路!他如果放弃读书就太不负责任了,更对不起老师。

可舅舅老说做篾匠靠的是脑瓜子好使和十个手指头灵活,要聪明伶俐,那些化学、代数根本用不上,莫白费了精神,要他把老师借给他的书和教材全都送还。

我说书当然要读下去。我的中学时期就是在牧场一边放牛一边读完的。现在当农民了,如果不开会、评工,我每天晚上还要读两三个小时,当然读的不只局限于教科书,而是……

"都种田了,你还读啥子书?"他很奇怪。

"享受啊。"我说,"不光是我,我们队里,识字的年轻人没一个不是书迷……你念到了初中,就没觉得读书特有意思吗?再说,你舅舅不也说学手艺少不了聪明伶俐么,多读书,会让脑瓜子更灵活!"

他不吭声了。

我又说比如这二胡吧,不懂的一定不喜欢,拉得出曲调的人却特上瘾;读书也一样,到了一定的程度,就会越读越想读。

"我只觉得读书辛苦,尤其是厚本儿'字书'。"他从枕头下抽出一本书来,"像这一本,纪老师借给我小半年了,我才翻了几页……读不下去。"

他拿出的是《钢铁是怎样炼成的》。

我给他把书的大意讲了讲,又谈到了奥斯特洛夫斯基这个人。他听得入神。原来那位忙碌的纪老师还没来得及跟他讲这些。

"送书来的那回,纪老师只说让我好好学习人家

的奋斗精神,我不晓得书里头还讲了这么多故事……"他翻开那本没读下去的书,"不过——你看,光是这里头外国人的名字就挺拗口,我记不住,只好丢开了。后来,我也不好意思跟纪老师说……"

刚开始阅读,千万别被这一类"拦路虎"打击了兴趣!我教他一个暂时性的实用诀窍:遇到了难记的长名字就挑一个比较特殊的字来记,比方说"克""萨""姆";要是两个人名里都有这个字,就得记上俩字。

说话间,蹚湿了衣裤的学生们拎着一串串蘑菇回到屋里,将他们的收获扔进一只搪瓷脸盆,端到屋旁泉井边,清洗得干干净净。

立春忙不迭向他们道谢。

山下的几所农舍冒出了炊烟,天快黑了。我催学生们赶紧回家。

"好好读,我相信,要不了多久你就会喜欢上这本书的!"跟孩子们一道向立春道别时,我鼓励他。

3

走出了"老师"的角色,我仍然惦记着这位同龄人。从我的小屋到立春家，抄近路翻越山脊只需十几分钟。我常趁有月光的晚上邀他一道到竹林内外散步，锻炼脚力。

从他的言谈里，我知道他在读那本书了，虽然读得很吃力，但一直在读。

有一天他告诉我，他白天去看纪老师了，去还书——他早该去，但书没读完，他一直犹豫着。今天终于完成了老师布置的这道特殊的作业题。

老师见他一口气走了那么远，非常高兴，又借了几本书和一本汉语词典给他；放学后还亲自送他回家。还好，一路上他都走得挺稳，没让老师担心。

说着，他拿出老师借给他的书：《红岩》《普通一兵》……在一部吴运铎的自传体回忆录下面，仍然摆着那本《钢铁是怎样炼成的》。

"这本书我刚刚送还，老师又借给了我。"他有些纳闷，"是不是批评我读得不够认真？"

"你误会了。"我说，"有些书，是值得我们反复读的！"

那部旧词典的扉页上有蓝墨水题写的两行字："学习知识不仅仅是我们的责任，更是开拓智力的重

要途径,是为自己争取享受文化成果的权利。"像是新写上去的。

"你把舅舅的话跟纪老师说了吗?"

"你咋晓得?"他反问。

我转移了话题:"老师听说你要学手艺了,一定为你高兴。"

"高兴!"立春兴致极高,"她鼓励我好好学,说'行行出状元'!"

4

不久,一早一晚的田间小道上,就常常看到杜立春撑着单拐匆匆赶路的身影,跟在挎着工具篓的舅舅身后或者独自一个人。再后来,装着全套篾匠工具的精巧篾篓移到了他的肩头,单拐换成了手杖,他的脚步更有劲了。

乡间所有手艺都是边干边学的。

立春每天都要赶到舅舅指定的农家或生产队去干活儿、学艺。但每当路过我干活儿的地方,他总要停住脚跟我说说话。

半年后,读书上瘾的小篾匠渐渐地变得贪婪了,他开始趁收工后绕道去我那儿借书。

现在他跟我谈论最多的就是读过的书。有时边翻书边跟我讨论,还提出一些挺有个性的观点。他说《水浒传》太没原则性,把杀人不眨眼的恶棍叫做"好汉";说《封神榜》前面挺好看,后半部简直是"扯草沤牛栏",瞎编……

太晚了,他就挤在我的床上睡。

我把自己最喜爱的科普读物和文学作品推介给他,他立即喜欢上了那本丢失了封面的《趣味物理学》,说读了挺开心窍。

从此,我们这群山村的读书发烧友中,又增加了一位积极分子。

5

临近秋分,单季稻收晒完毕,大队又派我去下头的村校代了三天课。这回是纪老师要去县城学习。下午我来到学校时,她已经步行去乡镇集合了。

旧祠堂院坪外侧,一排金黄和紫红的菊花正开得热闹,两树芙蓉也绽开了淡红的花骨朵儿。

大樟树下,靠村道的一侧增加了一块带遮雨棚顶

的大黑板。两个中学生模样的女孩儿在那儿忙碌,一个用白粉笔把报纸上的时事新闻搬上大黑板左侧,另一个占据了右半边,手里拿着农技站油印的"稻田虫情测报"和"一周天气预报",一字一句认真抄写。

看到我,她们都停下笔来叫我老师。

我猜想这就是前任班长介绍过的玉兰和秀秀了。正跟她俩说着话,过来了一个剃光头的矮个儿男孩儿,他挪动一条高板凳,站上去,拿彩色粉笔在墙报眉头和边角上添画花边、补白。

高凳一旁蹲坐着一条大白狗,仿佛男孩儿的警卫;但狗儿描着淡红色眼圈的脸则带了几分卡通味儿,大大地减轻了它的威严。

这孩子好像在哪儿见过。"他也是'校外辅导生'吗?"我问。

秀秀说画画儿的是管山员的儿子佟铁,在村校小学毕业后回了家,如今跟他爹妈住在大队的双峰尖护林站,离这儿有二十里,每逢周三才下来一次。

护林站是我们进山伐木常去歇脚喝茶的地方,怪不得看着他眼熟。

"他是个半哑巴,"玉兰压低了嗓门儿,"只能听到一点点,所以说话发音也不准,听来怪怪的,很难懂。后来他随身带了个'说话本',跟老师同学和识字的人打交道,干脆不说话,拿笔写。"

"那他怎么识字的?"

"光为他一个,纪老师可没少费心!"秀秀说,"纪老师说不能让佟铁成为'新文盲',就抽出时间专门教他,又是打手势、又是对口型,有时还画图来解释词义,一个字要反复好多次,才能让他认识。那会儿,佟铁就住在学校对面他堂叔家,每天都要读读写写到天黑才离校。就这样,一个认真教,一个发狠学,佟铁到底没能学会说话,识字倒比听觉正常的同学还要多。"

"他是我们班第一个能看厚本儿'字书'的,"玉兰补充,"纪老师测试过,到四年级,佟铁认识的字就超过了三千!"

我说这师生两个都够"狠"的!

两个女生说,更厉害的,是佟铁忽然间就学会了画画儿。

"也是纪老师教的?"

"不,纪老师只会画简单的,佟铁啥都能画——

给他个样儿,他就能画得比老师还好。纪老师看过他的画,后来学校星期三出黑板报就叫他下来帮我们了……看到纪老师煤油灯上的纸灯罩吗?那也是佟铁画的。"

我吃了一惊。"哦,那灯罩太漂亮了!"我由衷赞叹,"我还在好几个同学家里看到。它们出自一个小学生之手,还真超出了我的想象。"

"他做了好多送人的,我们家都有。"秀秀更关心他们的黑板报,"——老师你瞧,佟铁画得多好!"

佟铁正在对照报纸上的新闻图片画快要竣工的南京长江大桥,下笔十分自信、有力。那段文字下方还有个空隙,他朝黑板一侧的花丛看了看,拿出黄粉笔,在那儿描上一丛应景的菊花。

"忽然学会了画画儿"的男孩儿兴许真是个绘画神童!

我很好奇,想过去跟他"笔谈"。身后却响起一串铃声——新班长在教室门口摇响了预备铃,召唤那些跑远的同学了。

6

等我上完一节课出来，黑板报早已完工，写手和画手都走了。几个从田里上来休息的青年农民围在那儿看。小学生们也少不了挤过去，争着大声读出认识的文字。

我发现其中好几个学生都穿上了崭新的解放鞋。

"纪老师奖我们的！"一个小家伙喜滋滋地告诉我。

奖品开支大约只能来自学农基地的农产品。但一、二年级基本上不参加地里的劳动，就算丰收，也没有他们的功劳。

"凭啥子奖你？"我问。

他说不凭啥，就是奖。我忍着笑说那就不能叫奖，只能说……刚说到这儿新班长在一旁拉了我一把。

"不说'奖'他们都不要。"他悄声说，"纪老师照顾困难学生，都得说'奖'。这回一共'奖'了十四双……每年秋冬，老师都要为打赤脚上学的小同学买鞋。"

山林的回声

一次买这么多双鞋要花不少钱。他说钱是老师卖鸭蛋和豆子积攒下的。前不久又卖掉一头猪——老师说那是用学农基地的劳动果实养大的,都应该算作劳动课收入。

我在心里换算了一下:鸭蛋每个五分,一双小解放鞋值三四十个鸭蛋!教室后头的鸭棚里总共才十来只鸭……

老师不厌其烦地喂养禽畜,分明是为了让不值钱的玉米红薯通过它们升值,好帮助更多的困难家庭呀!

7

那天,大队安排我跟邻队一位大叔进山,给将要翻新的大队部搬运梁木。途中大叔谈到他的一双儿女。"娃儿听过你的课,"他说,"他们挺喜欢你。"

弄明白他的儿女都念到了三四年级,我顺便打听起他对那位纪老师的看法。

"好人哪!"大叔赞叹,"难得!"

他家因妻子和老母亲生病,家庭经济长期不能翻身,儿女读书到现在还没交过一次学费,全是纪老师垫付的——在这儿教了十多年书，纪老师不晓得替多少学生交过费！

当时乡下小学生每期学费一般只收一块五角，可老师的工资也不过三十多元啊，老这么贴，她那点点工资不养家啦？

大叔说学费算啥，她还要给困难学生买衣、买鞋，笔墨和本子就更别说了；遇上暴雨大雪天，她把离家远的小学生都留在学校吃午饭——她攒下的那些鸭蛋，不是换钱资助了困难户，就是给学生们吃了……

我说我后来才明白她为啥要喂猪种菜养鸭子。不过应该公私分明，老叫学生们尽义务，人家难免有看法。

"啥叫'公私分明'？"大叔忽然激动起来，"纪老师常说娃儿们中间不能出现'新文盲'。就为这个，她白天黑夜都在校里校外教课，整个人都交给了公家……你想想，她要拉扯大一班又一班的学生们，容易吗？"

下乡半年多，我大体上能流利地说方言了，但对"拉扯"这词儿在地方话里的含义，还是第一次理解得如此透彻！

深山里的人家

画　童

1

经常进山干活儿,我跟大队护林站的管山员老佟夫妇很熟,他家那叫佟铁的小子却见我就溜,从未打过交道。

有一次,我接受了替新建大队部砍伐数十根杉木桁子的任务。全大队最茂密的杉林集中在双峰尖那一带,距离我所在的生产队有二十多里。为了方便干活儿,这段日子,我必须到护林站食宿。

老佟家的祖屋孤零零地蹲伏在双峰尖下面的溪

山林的回声

谷里,附近仅有几分水田,不够他耕种;离生产队的田地又太远,出集体工很不方便。大队就安排他们夫妇做管山员,责任是防火防盗、维护山林。

老佟家两口子除了巡山、见缝插针补栽一些苗木,还得不断为那一道道贯穿山脊的"防火线"清除杂草灌木,以保证它们对山火的阻隔功能。此外,老屋近边那点儿田地每年由生产队派人赶牛来翻耕,栽种收获和田间管理等任务,仍然交给他们一家子。

双峰尖下山深林密,周围十里之内别无人家。佟大嫂生下儿子没人照护,去干活儿只能拿背带把娃儿缚在背上;稍大点儿,孩子就跟着大人满山跑。直到要念书了,才送到山下的堂弟家寄餐寄宿。

佟家老大初中毕业回家后,老二佟铁还在堂叔那儿住着。读完四年级,堂叔参加了民工队,要去几百里外的湖区修路,佟铁也没再升学,就回爹娘身边来了。

老佟跟我讲起这些时,我们正沿着蜿蜒的林间小路向上爬。

季节已近寒露,天高云淡;夹杂在常青林间的乌桕和盐肤木不时地闪现出一片片金黄淡红,赏心悦

目。我张开嘴大口呼吸,努力跟上老佟的脚步。

长年翻山越岭,使这位山里汉子身强力壮,肺活量远胜常人,半长裤管下裸露的小腿肌肉也异常发达,登山如履平地。

"……不过,铁伢子这娃儿好学,有空就去下头村里借书,"他欣慰地说,"村校纪老师说,他识字早赶上中学生了!"

"佟铁听力不好,独个儿外出,你们就不怕他迷路走丢?"我问。

"专门为他养了条狗啊。不管去哪儿,狗都跟着……如今他每星期还要去帮村校画黑板报。"

我说我看到过佟铁在黑板上的画,画得真好!听说他画画是自己忽然之间学会的?

"哪有那事!"老佟回头一笑,绽开一脸跟他三十八岁年龄很不相称的菊花纹,"去年热天,有个中学老师来我家躲雨,顺便对着雨景画了张画儿,见铁伢子在一旁看得发痴,就开始教他画了。"

"那人常来?"

"常来。有时他进山,还带着铁伢子去画山景……"

山林的回声

说话间,我们登上了清理得干干净净的山脊。分手之前,老佟指着下头弯弯曲曲的山坑,告诉我到哪儿容易找到合格的桁条。

2

山脊防火线两旁就有杉树。由于缺少水分又忍受着严寒酷暑,这些向阳当风处的树生长缓慢,木质格外紧实,但树干大多长成下粗上细的矮壮宝塔形,只宜用来做门窗和家具。

房屋的桁条不需要太粗壮,却必须达到一定长度。老佟建议我进入溪谷深处——那儿从不缺水,还集中了落叶化成的腐殖土,树木能获得丰富营养。另外,为了争取阳光,谷底的杉树一棵棵都要奋力向上,长得更快、更直也更高。

因此,县里来的林业技术员十多年前教他做"萌条林"高产促生实验,也选择了下面这一片。眼下,不少杉木残桩上再生的萌条达到了桁子木的标准,可以"间伐"了。

于是,我循着汩汩泉声,沿之字形小道"潜"入常青林绿浪覆盖的深谷。

越往下走，越感觉绿意盈盈，遮天蔽日的树冠下，草木野花的芬芳沁人心脾。在一片松杉混交林里，我找到了一大片树桩上抽发的"再生树"。

在土质肥厚的山地，杉木生命力格外强盛。

每到深秋，带"翅膀"的种子从成熟杉果绽开的鳞片中飞出，飘落入土，次年就能萌发，在二三十年间长大成材。砍伐之后，不伤及它的地下根，一棵大树的残茬上往往能够萌生一大丛再生苗。挑选其中最粗壮的一棵，斩除掉多余的，这留下的萌条仍会笔直向上成长。

老佟的实验与众不同之处，是每个树桩都保留了两至三根萌条。沃土和优越的气候条件，使他的实验成功率极高。

砍伐这样的萌条更令我心安，丝毫不会产生负疚感——我"拿"走的并非一棵树，而是如同从树上截取枝桠，不至于毁掉一个生命。

我开始挑选树干胸径（离地胸高处的直径）达到了二十厘米的杉条。

杉树的根通常可以扎入地下两三米的深度，在如此土肥水足的山坑，老树桩抽发的萌条还可以长

山林的回声

得更高大。但作为建房用的桁子,这么大已经足够了。那么,让它们提前"断奶",脱离母体,为另一侧的小萌条腾出更为充足的营养和生存空间吧。

我对准挑中的一棵抡起了沉甸甸的杉刀。

嗵——!对面的崖壁发出空洞的回声,惊起一群小鸟。

噢,原谅我打破了山间的宁静!没法减轻砍斫的音量,我只能小心地控制着树的倒向,尽量避免压伤近边的小树苗和别的萌条。

长期与草木为邻的山里人,伐木最忌"伤及无辜"。经常跟他们一起干活儿,我在这方面也养成了谨慎的习惯。有了经验,根据树干的长势在适当方向准确下刀,做到这一点并不难。

一上午砍下十来棵,都清理掉枝桠和树冠,搬到了小路上。看看太阳快要当顶,我扛起一根百余斤重的杉条开始爬坡,打算将整个下午的时间用于搬运。

这些木头都要扛到护林站小屋的院坪里,在那儿剥下杉皮,架空了露天堆码,木料中的水分会在风吹日晒中迅速蒸发,等到重量减轻了一小半之后再搬运下山,就轻松多了。

3

大白狗早上用绕圈儿的方式向我行过"见面礼",中午见面,就摇着尾巴表示欢迎了。它那红色的熊猫眼早已淡去,今天化的是虎皮装——满背扁担花,额头上还画了个棕黑色的"王"字,可见小主人挺重视它的仪表。

知道我在村校当过代课老师,佟铁也不像先前那样躲着我。而我自从见识过他画画儿的特长,就不能无视护林站土墙上花花绿绿的粘贴——那时常变换的"壁报",都是佟铁同学展览的美术作品啊。

午饭后,老佟夫妇惦记着没干完的活匆匆出了门,我趁着短暂的休息,把墙上的展品从头到尾观赏了一遍。

喜欢画画的小学生大多从临摹开始。佟铁这些画却看不出临摹的痕迹,路子"野"得不合规矩。画面上,许多山石和树木浓郁处似乎用了水墨画的枯笔皴擦,水面和草地,又带着铅笔淡彩般的明快清新。

画的内容更不像是有临本的。

就说眼前这一幅吧,四开的画纸上,两座高耸

 山林的回声

入云的黛色山峰相对顾盼,分明是护林站左后侧的双峰尖,近景却空着,像是还没有画完。

我记得他为老师制作的灯罩上,也画着这两座山。

一路看过去,我认出了藏在古松后面、从褐色陡崖飞泻而下的瀑布——大笔触泼洒的白颜料,酷似印象派大师西斯莱画作中塞纳河上游的狂躁激流。

溪谷对面悬挂青藤的岩峰与架在山涧上的木桥,营造出幽远深邃的意境。而另一幅同样色调的却令人触目惊心:灰黑色的天穹之下,一道耀眼的树枝状的闪电,击向一棵悬于崖壁半腰的岩松。

此外还有小屋、梯田、百年古樟……它们大多以云雾和模糊的雨线为背景。似乎这孩子对雨雾中的景物有着特殊爱好。

遗憾的是他用的色彩大多偏淡,好像画幅接受过太多的强光照射。

正中间贴着一幅横格子纸上的小画褪色更厉害,仅剩近似钢笔墨水的深蓝,仿佛用点彩法描绘的黄昏雨景。

二十多张纸质不同大小各异的画幅,只有两幅画的是人物。这完全是铅笔淡彩的漫画:其中一张画

迎着犬吠走进来的却是小剃头匠刘小海，他用扁担挑着一副竹篾做的柴夹子，另一端挂着他的工具箱。

着两大两小四个人各自捧着书本围着一盏油灯。要不是老佟两口子都不识字,我真要把这幅画当作他们一家子的写照。

另一幅画面正中有一棵树,树干上描着个白色的大"Y"形伤口——不,不像电击留下的,雷电制造的伤痕要粗野得多,不可能如此规整。画幅的下方走过一个戴眼镜挑水桶的男人,水桶里也是白的,仿佛盛着一担牛奶。

山里娃儿肯定没见过牛奶。

那么,画上的白颜色代表什么?它们占据了画面的中心,而且显得有些立体感。伸手摸摸,白色在那暗黄色的劣质薄纸上竟然微微凸起。倒回去看看瀑布和泉流,但凡白亮处都这样,那道击向岩壁的闪电更是如同浮雕一般。

大山里的孩子,能弄到油画颜料吗?

这会儿佟铁风风火火闯了进来,一边冲着我比画一边急切地吐出几个音节:"头向(上),角……咬(鸟),又来了!"我勉强分辨出这么几个字音,大约是外头来了一只头顶长"角"的大鸟。

然后他一头冲进里屋。我寻思他要拿弓箭或者

山林的回声

弹弓之类去对付大鸟,可他只抓了个四方形本本和一支铅笔,又慌慌张张跑了出去。

我回到阳光下,给上午扛回来的那根杉树剥皮。

4

狗儿在叫。迎着犬吠走进来的却是小剃头匠刘小海,他用扁担挑着一副竹篾做的柴夹子,另一端挂着他的工具箱。

我说:"护林站早超出了你的营业范围,来这儿干啥?"

小海说:"不能任由老佟和他儿子披毛散发做'山顶洞人'啊。为了三个脑袋跑这么远,除了我这样的活雷锋,还有哪个剃头匠愿意来?不过你别急着表扬,吃亏的事我从不做——我得顺便挑一担劈柴回家,这叫互通有无。"

说着他就地拾起一片落叶伸向大白狗:"替我送信去——把你家老佟叫回来,我给他'斫茅柴'!"

大狗似乎真听懂了剃头匠的话,它把叶片当作"信"叼在嘴里,摇摇尾巴,嗖地冲出院门跑下山坡。

小海就去厨房里生火烧水,像到了自己家里一样随便。

不一会儿，老佟跟在大白狗后面呼哧呼哧跑了进来。我才注意到他头发老长，半张脸胡子拉碴，一定早盼望着剃头匠了。

小海就舀来热水替他洗头、擦脸。

佟铁也进来了。看到剃头匠，他不自然地把本子藏到身后。

"躲什么躲？小铁仔，我晓得你在画画。"小海头也不回地说，"好好操练吧，咱们老祖宗都说：'良田千顷，不如薄艺在身。'你得虚心向我学习……"

不知佟铁听懂没有。他直接跑到我身边，将本子交给我。

那竟然是个正规的硬面速写本。翻开的一页上画了一只鹰，鹰脑袋后面伸出一只"角"。我回忆了一下小时候见过的鸟类图谱，记起了它的学名。

"这应该是只'凤头蜂鹰'。"我接过他手里的铅笔，在画下面写着，"它很凶，敢攻击野蜂窝的！"

"我只看到它停在树枝上，"佟铁接着写，"不晓得想干啥。刚画了一半，就飞了。画得像吗？"

我说："不像，我怎么能认出来？你画速写也是

那位老师教的?"

他点点头:"老西(师)……送哦(我)梭(速)写波(本)……"

于是,他就翻到前面几页,让我看老师给他做的示范。那些画把打轮廓的步骤都留了下来,还有明暗调子,不像传统意义上的速写。

后面就全是男孩儿大刀阔斧的粗线条了,上面仍然涂着厚重却很晦暗的颜色,看不出是用的什么颜料,画的内容有野花、虫子和鸟,其中大半我都叫不出名字,似乎是以"稀罕"为标准,有选择地画下来的。

最后没着色的只有刚画上去的凤头蜂鹰。我把本子还给他:"抓紧时间去上颜料吧,莫忘掉了它的毛色!"

佟铁跑进了里屋。

"你只晓得铁伢崽画的东西稀罕,"刘小海一边给老佟推平头一边对我说,"去他的'书房'里瞧瞧,那才真叫人大开眼界呢!"

是吗?我跟了进去。

5

迎面就看到一只巴掌长的猴面鸮,它脚上缠着火柴盒做成的"夹板",站在一只灰不溜丢的旧画夹边,瞪圆双眼看我。

佟铁把它抱到窗台上,又将大画夹挂上土墙壁。我才注意到,那直径超过一米的圆桌利用了一个根深蒂固的巨大树桩,锯痕宛在,是整地基筑墙时特意留下来的。

这棵大树至少活够了一个世纪吧!

我挪开桌面上的东西去数年轮。一圈圈年轮的宽窄疏密悬殊极大,可以看出大树漫长的一生中经历过连年干旱的煎熬,也享受过丰沛雨露的滋润,这一切,都被年轮以特殊的方式记录下来。如果弄清楚大树生命之钟停摆的确凿年月,甚至能根据年轮推算出本地山区那一百多年内的雨量变化。

佟铁动手调配颜料。呵,都是些什么啊,大大小小的瓷杯和碗盖里,不是捣碎的野果树叶,就是类似泥沙石渣的东西,像这个——

我端起红颜色,看清那是经过捶打的竹红(野

生小竹桠上寄生的一种硬质菌体，内部暗红，可入药）。最鲜艳的一盖子偏红的杏黄散发出花香味儿暴露了它的身份：是用黄栀子果直接捣碎加工的。

见我有些大惊小怪，佟铁掏出个小本本翻开，一样样写出名字：暗绿色是"大青杆叶"，紫红是"刺乌莓"，淡黄色的，他标明"野地黄"，而那个酱色由"软石头磨成"……

只有个小杯子里残留的白色比较地道，像水粉或者油画颜料。用手指沾了嗅嗅，呵哟——牙膏！

怪不得画到纸上的飞瀑、闪电以及木桶中的不明物体都跟"浮雕"似的，这东西必须堆厚点儿，才能出现锌白般的覆盖效果。

"我还试过彩色粉笔，"佟铁在小本儿上运笔如飞，"怪了，粉笔调上水涂到纸上，颜色就淡得看不见了。"

"用过真正的颜料吗？"

"用过。堂叔给我买过蜡笔，十二色的。那只能给小孩子玩，画不出书上印的颜色。"

"老师没给你讲过别的颜色？"

男孩儿眼睛放出亮光，他从一口旧木箱里拿出个报纸包,打开,里面是一盒崭新的马利牌水彩颜料。"老西(师)……送的。"我听清了这几个字。

"怎么不用它?正规颜料画出来漂亮多了!"

"我还在练习。莫糟蹋了。"他在"说话本"上写出这行字,就把硬纸盒原样包好,放回木箱,然后用笔蘸了天然颜料,去给他的速写上色。

6

我回到院子里,让小海给我也剃了个头。

佟铁的光头暂时无发可理。小海问起佟钢,老佟说大儿子如今讲究了,要去镇上理发店剃头。小海说:"好哇,敢小看我?你告诉他:小刘师傅今非昔比了,现在大城市来的知青哥哥们都争着请我理发——老佟你看看我这手艺,不比镇上理发店强得多吗!"

老佟很是替儿子抱歉。他挑选最好的劈柴给刘小海装了半担。小海又自己动手,从一大块猪肝色的油松上劈下一小堆引火用的松明,扎成一捆搁到柴夹子上,这才心满意足地挑着下山了。

静夜读书声

1

下午我去扛杉条，佟铁领着狗儿也出了门。

"红出（薯），藤。"他指着下方的田垄说。我明白他要去给地里的红薯翻藤。红薯生长旺季，藤叶间的须根扎进土里，会生出许多长不大的小红薯，白白消耗养料，必须通过翻动藤蔓将须根扯断，保证营养向主根集中，才能促使根茎膨大，提高产量。

我大汗淋漓，一趟接一趟地从山坑里扛回杉木条。

我老远望见老佟夫妇一直在一段山脊上忙碌，清除防火线上新生的野草。佟铁干完了红薯地里的活儿，转移到了屋侧的菜园里。

他在给菜苗除草，不时将锄头下挖出的虫子扔出爬满青藤和小花的篱笆，几只大母鸡就守在那儿争抢着。

猴面鸮蹲在篱笆桩上陪伴着他，还不时返过头，瞪圆了眼，去看下头的鸡。

我继续奔走。

扛运十根杉木条大约花费了我四个小时。将最后一趟杉木条在院坪里扔下，已到了漫天飞霞的傍晚时分。气温骤降，绿树环绕的小屋上方，淡褐色的炊烟团团片片，被凉风吹得贴着屋脊赛跑。

厨房里跑出的却是佟铁。他打着手势宣布饭菜都弄好，就等着家里人会齐了。

然后他朝着对面山梁发出一声短促的吆喝声。

没听到回应，两个被霞光映红的身影就收拾工具下来了。跳跃着朝他们迎上去的大白狗，也倏尔化作了粉红色。

我就着竹枧引来的清泉洗过澡,换好衣服,老大佟钢也到家了。

十六岁的少年跟弟弟一样长得矮壮结实。他理着乡下流行的时髦小分头,性格十分开朗大方。听到父亲介绍,佟钢大人似的走过来跟我握手,然后掏出一包香烟。我忙说不抽烟,他说他也不抽,不过在厂里,跟人打交道时兴这个。

"你当上工人了?"我挺羡慕。

"还没有。我只是去那儿学手艺——那个农机修配厂不归我们公社管。"他有些遗憾,"你晓得的,住在这儿,我们一家都不方便出集体工。可我这么大的人了,不能老让父母养着啊。从初中毕业回家起,我就每天砍两趟柴送到离这儿最近的乡镇卖了,赚回一块钱交到队里,队里给我记十个工分——一年赚三千多分,足够买回自己的那份口粮……"

这么干了一年,佟钢一担能挑一百斤,一天只需要跑一趟就能完成队里的"投资"任务。

那干吗不多送两趟赚些"外快"?佟钢说,生活过得去就行。他要将多余的时间用到自己最喜欢的事情上——每天把劈柴送到供销社后,他就去农机修配厂看人家干活儿。

见佟钢对机器那样感兴趣，一位老师傅主动收下了他这个不要工钱的徒弟。

"你在厂里都学些啥？"

"电机，柴油机……反正师傅修什么，我跟着学什么。"他说，"今天，我们把一台二十马力的立式柴油机拆开来清洗，换掉损坏的零件后，师傅答应明儿让我试试，看能将它还原到啥程度……"

那活儿我也跟别人干过，但只有"打下手"的资格——柴油机太过复杂，大大小小数不清的零件，摊开来，看着都令人眼花缭乱，更别说还原了。

佟钢说，先前他只跟师傅修过十二马力的手扶拖拉机，这么复杂的大机器，他也是第一次接触。

提起自己喜欢的机器修理，这少年有说不完的话："我的那位老师傅可了不得，侧耳听听机子转动的声音，就能'诊断'出毛病出在哪儿！师傅手工绕制线圈，又快又好，跟机器绕的一样均匀。老师傅还能把一些废旧零件翻新利用，为了帮用户节省开支……"

吃晚饭时，我称赞佟家小兄弟懂事又能干。

山林的回声

佟钢的母亲说,山里娃儿都这样,八九岁站到凳子上捞米做饭一点儿也不稀奇,稍大点儿就养活自己。像铁伢崽,人家的孩子这么大还得喂猪放牛呢,他们家没那些麻烦。但两口子一忙起来,少不了把洗衣煮饭这些家务扔给他。

老佟说两个娃儿都操心早,在家的日子用不着交代,屋里屋外,稍带自留地的活儿都给干了。

2

一家子收拾洗澡后,天色黑了下来。

佟铁打着手电筒带猴面鸮出了门。

佟钢说弟弟是去送鸟儿"回家"的——从林子里捡回来的猴面鸮在这儿疗养了十天,翅膀和伤腿痊愈了,他们刚才替它取下了夹板。这种夜间出猎的小型猛禽,非得要在晚上才能送走。

老佟点着一盏煤油灯端到餐桌上,淡黄色的亮光照亮了小小堂屋。佟钢取来一只我熟悉的彩绘纸罩给油灯套上,投向桌面的光线顿时增强了一倍。

没有邻家,听不到织机纺车的吟唱,深山的夜,静得只能听到风声和泉流。

这样的夜晚，我担心他们一家会早早去睡，那么，我就不好意思独自捧着书本消耗灯油了。

还好，我刚就着亮光翻开带去的书，佟铁也夹了本书过来了——他读的果然是"厚本儿字书"：穆萨托夫写的少儿小说《北斗星村》。

"猴，山胡（耗）子！"坐下后他打着手势对我说。我猜想他是要告诉我猴面鸮刚出去就逮着了山耗子，今晚的放飞成功了。

我点头表示赞赏。他就翻开了夹着干枫叶的一页，埋下头去。

这书我也有一本，同样是繁体字竖排版的。等到佟铁上学，课本全都换成了简体字，读它没困难吗？

佟钢也坐到了弟弟身旁。听我提问，他说村小的季老师早想到了，她特地教爱看书的学生掌握了一些繁体字的偏旁部首。后来读旧版本的书，他们再根据前后文估计加分析，看得多了，常用的繁体字也就熟悉了。

说着，他翻开了手里那本薄薄的小册子。

这会儿老佟夫妇分别占据了餐桌左右。老佟就

山林的回声

着灯光编织麻褡草鞋,他妻子从针线簸箩里找出一块蓝布,给一件夹衫的肩膀处打补丁。

"昨晚你念到了金旺他爹也是个庄稼人……"老佟向大儿子提示,我才明白佟钢是要为父母念书。

"还是从开始念起好了。"佟钢他娘建议,"这书写得好,听不厌的!"

"那好,咱们从头来!"佟钢同意了,"'刘家峧有两个神仙……'"

他念的是赵树理的《小二黑结婚》。

这篇小说我很小就读过。可是,此时此地听一个山村少年用方言为他不识字的父母朗读,却产生了别样的感人魅力。我不由得放下了手中的《牛虻》,跟这家人一起,进入了那简朴通俗的文字营造的画面和意境中。

约莫一节课时间,那本小书读完了。

老佟夫妇围绕故事情节发了一通感叹。佟大嫂说小芹这样的事,我们娘家那村里也发生过,下白石曹大嫂两口子,不也是经过一番磨难才走到一起么!老佟对神神道道的二诸葛挺感兴趣,说二诸葛跟我们这边先前那个"卢秀才"简直像一个师傅教出来的!就历数着卢秀才迷信鬼神的笑话,自己也忍不住笑。

佟钢没有参与议论,他拿出一块小学生写字演算常用的木框青石板,用石笔工工整整写下一行醒目的灰白色大字,靠着个木架子搁在油灯一侧。

"娘,我给你布置作业啦!"他对母亲说,"你读读看——能认全吗?"

他娘仔细看了一遍,问:"今晚不教新字啦?"

"这些字都是从《小二黑结婚》里挑出来的,"佟钢说,"你一边复习,一边想想它在哪一段里出现过,会记得特别牢,下回就晓得该怎么用了。"

做母亲的便放下正在补的一只袜子和针线,挪过石板石笔,一边抄写,一边念念有词,大约在回忆刚才那故事里的情景。

老佟继续打草鞋,他不再吭声,却掩饰不住嘴角的笑意。

佟铁端着"厚本儿字书"仿佛老僧入定,独自沉迷在那部讲述异国乡村故事的少儿读物里。

佟钢走进了兄弟俩兼作书房的卧室,不一会儿,门缝里透出了暗淡的灯光。

山林的回声

我特地进去瞧了瞧。大男孩儿守着一盏墨水瓶加工的小灯,对着一本关于柴油机工作原理的工具书,埋头做笔记。

3

我就在佟钢兄弟的小屋里过夜。

房顶呼啸的山风里夹杂着鸮鸟的号叫,好像还有啄击门板的声音。莫不是傍晚放走的猴面鸮又回来了?佟钢笑着说别理它,这东西娇惯不得。不给它开门,它晓得去自己找窝的。

果然,过一会儿就只剩下风声了。

谈起读书,佟钢说他就是为了能够识字看书才乐意上学的。那时父母把他寄住在村校近旁的堂叔家,夜里常去隔壁一位叔爷家听老人"讲古"。那些"仁贵征东""八仙过海"和"济公斗法"把他给迷住了,真不知老爷子从哪儿得到那么多好玩儿的故事。

叔爷就把他带到阁楼上,拿出一摞发黄的旧书说:"故事在书里头藏着,好好念书吧,识字多了,叔爷把这些书都给你看!"

142

"……可是，等到我认识了好多字，倒觉得叔爷的书没什么意思了——那不都是吹牛扯淡么？"佟钢说，"我迷上了纪老师给我们念过的故事书。再后来，纪老师不光让我们自己看书，还鼓励我们把《故事会小丛书》带回家读给父母听。她说这些书原本就是为工人农民写的，劳动者的后代，应该用学到的文化知识来报效父母。

"那时候我只有星期六下午才回家。为了完成老师交代的任务，我尝试着念书给爹娘听。他们一听就上了瘾，只要我在家，天一黑必定催着我念……"

我说人总得有精神需求。当初我在畜牧场一个人孤零零守着牛群，要是没书本作伴，怎么能熬得过来？你爹娘也一样，白天有工作他们不会感到寂寞，可这地方四周空寂无人，夜晚肯定无聊。

"确实是那样。"佟钢赞同，"所以我回来后，家里的'读书晚会'就成保留节目啦。"

他打开佟铁藏水彩颜料的木箱，让我看里面的"藏书"。

除了《野妹子》《小矿工》和《罗文应的故事》等几本有"纪婕"签名的少儿读物，这儿更多的是

山林的回声

上海文化出版社的《故事会小丛书》,那种薄薄的正方形小本本:《自有后来人》《王杰的故事》《水上杀敌》《快三枪》……封面统一盖着中学阅览室的印章。

佟铁说这些书佟钢早就读完了——"哑巴"弟弟居然迷上读书,实在超出了他的意料。

当初他父母不过是担心佟铁在山里走丢,才送到山下交给堂叔和村校老师看管的,在学习成绩方面没存什么希望。纪老师倒认真了,她在这个男孩儿身上创造出一个奇迹:读了四年,佟铁认识的字就赶上了念初中的哥哥,不光能看书,还可以快速地"以笔代嘴"。

更叫他惊喜的是佟铁精神面貌上的转变。

早先这小哑巴多沉闷呐,总爱一个人坐着发呆,还愁眉苦脸,像个满肚子心事的小老头。自从迷上书本,佟铁整个儿换了个人似的,跟哥哥"笔谈"时有说不完的话:读过什么书,看到什么动物,还有老师、同学的故事……后来沉迷于画画,他向哥哥倾诉的内容更丰富了。

佟钢因此相信弟弟生活得很充实、快乐。

"……可惜佟铁发声不准确、不连贯。"佟钢说,

"现在我给自己制订了新的学习任务，原先承担的好多家务事都交给了他，唯独给爹娘念书的任务不能移交。

"'干吗光给他们念书？'弟弟'野心'比我还大，'咱要教爹妈识字、看书！'"

通过念书，父母对书本有了感情，佟钢也早有教他们识字的打算。可是他爹老是以忙得不可开交来搪塞。有弟弟帮忙，佟钢坚定了主意。他对娘说，弟弟说话大半得靠笔，他不在家，弟弟写的没人能看懂怎么行？再说，他还能借到好多好多故事书，将来他出师了要住到工厂去，弟弟没法子给爹娘念……

受不住与小儿子"笔谈"和自己捧着书看的双重诱惑，母亲动心了，而且，她一开始学文化就投入了极大的热情。

倒是他爹依旧顽固。

"两口子里头有一个识字就够了，"老佟说，"往后我多干些活儿，腾出你娘多学点儿文化，比啥都强！"

如今他娘认识了八九个百字，可以跟弟弟作简

山林的回声

单的"笔谈",那位做父亲的仍然停留在能写名字和记数目字的水平上。不过像这样下去,大约再过半年,娘至少有能力为爹读那些"故事会"。

"你们的书全是从学校借来的?"我这么问,因为在纪老师的办公室里一直没找到藏书的地方。

"不,纪老师那儿没几本书,学校的书柜也空了,"佟刚变得神秘兮兮,"老师把书分散在几个地方,想要看书,得掌握这个'联络图'——"

顺着他的手指,我看到箱盖里面贴着一张大纸,上面密密麻麻写满了书名。

"喏,这个 S 字后面的都在松林家;XX 代表的是双喜,他那儿存了二十五本;下面这些由秀秀保管,还有玉兰那儿……我们自己交换,就不必通过老师啦。对了,她们两个家里存放的都是'厚本儿',你瞧——"

我从那些"厚本儿"目录里发现了《刚满十四岁》《东海人鱼》《铁木儿和他的队伍》《下次开船港》,还有前些年最受书迷们追捧的小说《敌后武工队》《林海雪原》《海鸥》《小城春秋》和《野火春风斗古城》……

佟铁正在读的那本也名列其中。

我十分开心：又多了几个可以交换文学读物的书友！

佟钢希望不久的将来他娘也能读这些书，只是不晓得他们喜不喜欢。

我说你爹娘肯定会喜欢的，你用这些"薄本儿"替他们打下了基础啊，等你母亲的阅读能力赶上初中生，你爸对文学语言的理解能力也相当于"小学毕业"啦。

话题回到佟铁身上。佟钢说等他当上了工人，急于做的第一件事，就是送弟弟去省城医院治疗耳朵。画画只是精神享受，不能维持生活，但佟铁心灵手巧又好学，还能读懂一般的教材，绝对可以学成一个农机修理方面的行家——往后农业机械化程度会越来越高，干这行大有用武之地！他师傅说，修理机器，听觉好常常能够帮上大忙，所以，治好耳朵，对弟弟将来学手艺极为重要。

"这些计划你都跟佟铁说了？"

"暂时没有，他还小呢。小孩子总是分不清梦想和现实……我不想急着唤醒他的'艺术梦'。"

这老气横秋的话从一个半大孩子口中说出,让我忍不住要笑。但我立即肃然起敬:用知青"四眼"的话来说,佟钢的确是提前"告别童年"了,为了他在深山辛勤劳动的父母,为了他那个做着艺术梦的聋哑弟弟……

"哦,忘记叫佟铁睡觉了——"抬头看到窗棂外悬挂的月牙儿,佟钢站起来。

"家里没钟表,弟弟看书入了迷,不熬完灯盏里的油舍不得睡觉。他跟我说了,明天要趁早去画雾里头的山景……"

他跑出去把佟铁拉了进来。

看到桌上翻出的那些书,佟铁大致猜到了我跟他哥哥的谈话内容,就掏出他的小本,飞快地写了一行字:"我要跟娘一起教爹识字。我老梦见,爹娘跟我们在一起看书!"

我脑瓜里掠过一家四口围着油灯看书,其乐融融的画面——那果然是画的他们一家子,在男孩儿的梦境里!

4

佟铁钻进被窝就睡着了。

佟钢依旧很兴奋,在那张三米宽的超大木床上躺下后,他还不停地给我讲自己的学习计划。他说等他在农机修配厂正式上班了,要利用业余时间亲手装配一台几百瓦的水轮发电机,安装到护林站后面的小瀑布下,让深山老林里也实现"电气化"……这种小电机没准儿能在山区推广的!

他的"野心"远不止这个。

"……我想改进插秧机。听师傅说,那东西弄了好多年,技术一直没过关,插下的秧苗不如人工栽插的返青快,还影响产量……"

"收割机呢,我只从电影里见过,太大太笨,到我们山区梯田里没法施展,要能设计一种轻巧到一个人就能扛动的……你相信吗?将来……"

佟钢激情洋溢的展望感染了我。可是对农机之类一窍不通,我只能在心里默默祝福这位勤奋好学的少年。

山林的回声

5

　　天蒙蒙亮，就听到佟钢挑着一担柴出发了。从这儿到农机厂所在的邻乡小镇必须翻过两道山脊，最快也得走一个小时。

　　接着听到老佟跟妻子隔着老远的地方"喊"话，好像是架接山泉的竹枧被野猪撞倒了几节，老佟去那边砍竹子修整。

　　"……通了通了，"陡然传来的流水叮咚声中响起佟铁他娘尖脆的大嗓门儿，"把接头扎牢固些，这些天野猪老来双峰尖捣蛋……"

　　汪——汪——大白狗在另一个方向叫。我记起佟钢说过弟弟要趁早去外面写生，这位"贴身警卫"此刻一定跟佟铁在一起。

　　我伸了个懒腰，起床出了屋。到接引泉水的竹管口草草洗漱过，我拿过伐木的大杉刀，在门前的磨刀石边坐下。

　　白雾在小屋前面山坑里潮水般地涌动。东边山头透出的一抹曙红，便迅速点燃了晨雾上方的半天云霞。我磨着刀，脑瓜里不由得冒出电影《画中人》

中那支在城里流行甚广的插曲：

> 半山的云彩
> 半山的雾
> 深山里的人家
> 云雾里的路

早先在城市，这样的画面只能靠想象来填补。而此刻，我和身后的小屋都被托在云端。我的新朋友佟铁在描绘仙境般的山景、佟钢正挑着柴担踏着云雾，奔走在他自己选定的求学路上……

磨好杉刀，我从房间里拿出佟铁的速写本信手翻看。

我发现，除了够得上"稀罕"的动植物，他笔下的人物都不太写实，但这种别出心裁的"浪漫"作品更能突出对象的特点。新的一页上，我看到了小剃头匠那憨笑的眉眼和手，别的一概省略。近乎特写的手却有好几只，分别操纵着推剪、剃刀和梳子，还有一双配合行动的，显然是在替人作"拿捏"。

再往后翻,一群纷飞的小鸟之上"叠印"出了一个伐木者的背影,背影佝偻如弓,挥舞的杉刀如剑,好一个"剑拔弩张"的生动形象——是画的我吗?

听觉有障碍的孩子,竟然想到了以惊逃的飞鸟来表现砍斫发出的噪声……

嗷——汪——大白狗快乐地轻吠着从屋后山坡上跑下。后面追着的小主人身背竹背篓,里面放着那些奇特的颜料;手中拎着的大画夹上面,别着那幅尚未画完的《双峰尖》。

"添了些什么——给我看看!"我拦住他。

洁白的厚画纸上没使用牙膏,云雾的白色是空出来的;淡青色染出的暗部,使它们显现出浮动的立体厚度;墨绿的山峦在云雾烘托下层次分明,被橘色映照的最高峰,一半模糊在霞光里——那偏红的橘色,依然来自黄栀子。

未经加工的纯天然色彩过不了多久也许会褪色,但我相信,在山林厚重色调的反衬下,画面上的天光反而会更明亮,一如朝霞淡去后的晴空。

近景中,一丛发自残桩的再生杉苗拔地而起,直刺云天。高扬的树杈上,凤头蜂鹰的剪影隐约可辨。下方的谷底溪流白浪翻滚、奔腾欢跃,活像要冲出画面。我凑近嗅了嗅,呵,激流中闪烁的高光用上了牙膏!

我打着手势对佟铁说:"这么漂亮的画,还舍不得用水彩颜料吗?"

他笑笑,跑进厨房去帮母亲洗菜。

画内画外

1

早饭后我又下了山坑。

连续的晴热，使藏匿了好一段时间的秋虫又唧唧啾啾鸣唱开了。隔山呼应的鸟语，却远不及盛夏的清晨那么热烈。拦路的草木上沾满露水，不管我怎样小心避让，裤脚和鞋面还是湿透了。

轻车熟路地进入萌条再生林，我一连砍伐了几根杉条，把它们扛到一起后，我到旁边泉眼喝水。这时鞋子早已干了，我拿起脱下的罩衣擦汗，忽然瞥见对面的松树上刻着个似曾相识的 V 形标记。

——呵,佟铁的画每一幅都有根有据!

顺着那棵松树左右搜索,我又看到好几棵刻了标记的,除了 V,还有箭头,有歪斜的"二"和"三",箭头所指的下端,一律悬搁着竹筒。

无疑,他记下的就是这场面了。

我走近前去,看清了竹筒盛的是刀痕里滴沥的松油。这些辛辣芳香的油脂略带橙黄,凝固在竹筒口的,才呈现出白色。

竹筒外面刻着某某中学某某班,表明是学生所为。可是在佟铁的画作上,那个肩挑木桶,戴着眼镜采集松油的分明是个成年人。

大白狗的吠叫渐近,佟铁从树丛中冒了出来。他手持一柄钩刀,四下寻找我砍斫下的枝丫和树梢,将它们拖到靠近泉流的空地上。

我猜想他是要等这些自然干透后弄回去当柴烧。

大山里哪个旮旯没柴啊,犯不上跑这么远来捡拾。也许,他是以此为借口想来陪我做伴吧。

我指指松树上的刀痕。他点点头,表示知道,或者表示他画过。但没带纸笔,我无法通过"笔谈"

向他打听"画中人"的信息。

回到护林站,我向老佟提出了这个问题。

老佟说中学生只来过一次,最初那些竹筒就是老师带着他们挂的,收集松油却成了画里头这个戴眼镜人的事。今年暑假里还有几个年轻老师进山帮忙,后来,又只剩下戴眼镜的了。

戴眼镜的是校长,他来得最勤。

身为中学校长,却挑着木桶到处奔走着收集松油——又一位奇葩人物!

2

进山的第四天。

中午清点一下,大队交给我的伐木任务已如数完成。将最后砍下的一批杉条扛到护林站之后,明天可以回去交差了。

就在那个下午,我意外地撞见了戴着眼镜着挑木桶的"画中人"。他找到一处平坦地面放下木桶后,就挨个儿从近旁松树上取下竹筒,将松油集中到一个大竹筒里,小心翼翼地捧着走回来,倒进木桶。

有的竹筒只有可怜巴巴的一点点油脂,他也舍不得放过。

听到我这个陌生人叫他校长,年过半百的高个儿转过身,推了推往下坠的大眼镜,有些吃惊地看着我。

"……我是佟铁的朋友,"自我介绍后我补充,"这几天,我才从他的画上认识你。"

"哦哦哦,佟铁——老佟家那个小画童,对,他跟着来林子里给我画过速写!"校长把竹筒搁回原处,小心地爬下几米陡坡来到我休息的泉流边。使劲儿捶打了几下自己的腰部,他趴下来美美地喝了几口泉水。

"歇歇吧。"我将罩衫垫在放倒的杉条上。

他坐下了。"我也是去年夏天才认识佟铁的,"他说,"那天,我独自进山取松油,没带学生……"

刚进入这片林区,乌云遮盖了半边蓝天,瓢泼大雨当头淋下。校长循着狗吠声跑向护林站躲雨。老佟夫妇很热情地接待他,唯有趴在门槛上的那个孩子对他不理不睬,只顾拿毛笔蘸了植物浆汁在一个废旧作业本上涂抹。任由那些水红浅绿在纸上相互交溶、渗透,男孩儿脸上流露出且惊且喜的神色。

山林的回声

听主人说这是个聋哑儿,老校长更好奇了。

此时云缝中透出了西斜的太阳,将雨点染成了飞溅的金星,也给乌云镶上金灿灿的亮边。高空强风撕裂的云絮被染得橘红淡紫,林间腾起的湿雾升上去,与一道若隐若现的彩虹融合……

显然,男孩儿想要描摹山林之上色彩纷纭美不胜收的天空!

校长心上仿佛有根琴弦被拨动,发出久违的颤音。他从随身的挎包里掏出一个记事本,把竹椅挪到男孩儿身边,伸出手。

男孩儿看看他,信任地将搅拌颜色的笔交给了他。

校长翻开左右相连的跨页,就用那支笔蘸了植物汁液,对着门外雨中的山景画了一幅"水彩"写生……

原来嘴拙的老佟没讲清楚——教佟铁画画的老师,跟佟铁画中的"眼镜"校长其实是同一个人。

"……忙于工作,我多年没碰画笔了,何况是那样的'颜料'、那样一支'画笔'!"校长说,"但此刻的我产生了强烈的作画冲动,我试了试'颜料',

我把先前用过的画笔、画夹、一捆旧画纸和一个大速写本都带给了佟铁，还正儿八经地给他示范过写生步骤……

觉得过于浅淡,就将自来水笔里的蓝墨水挤出来掺进植物汁液,然后以类似'点彩画'的方式,概括地描绘出雨帘后迷蒙的山、树、岩石……"

"佟铁在我身后看得入迷。画完了,我将那个跨页取下来,送给了他。"

"好多年没有给学生上过美术课了,但这一回,我迫不及待地想要认下这个'徒弟'、想要将一些绘画的基本技法传授给他……从此我每两周一次的松油采集,就以护林站做落脚点了。"

"……陆陆续续,我把先前用过的画笔、画夹、一捆旧画纸和一个大速写本都带给了佟铁,还正儿八经地给他示范过写生步骤……"

"我看到过。"我说,"可是佟铁好像没有按照你讲的步骤来画,他的写生挺随意,完全是'大刀阔斧'式的。"

"对啊,那些不讲究构图、造型也不是很准确的写生画,反而能让人感受到一股'生猛'的勃勃生机,一种挟带着原始力量的蛮悍……哦,不,这么说未必准确,总之吧,他的画令我耳目一新!"

我说你毕竟是他绘画上的启蒙老师。那一幅"印

象派"的雨景早就淡化得只剩下蓝墨水的印迹了，可至今还被安排在"画展"最醒目的地方——就是它，在佟铁心上播下了艺术的种子。

"要这么说，我更不好意思了！"校长说，"在师范读书时，我接受过一些绘画训练，可是一旦学到的那些东西跟衣食和本职工作搭不上边儿，我就毫不吝惜地将它们抛弃……跟这个打心眼儿里热爱艺术的山娃子相比，我能不深感惭愧？还侈谈什么'播种'啊，倒是他让我重新燃起了对美术的热情……从那以后，我进山总要带上水彩速写的画具。"

"今年晚春，一个难得的晴天，我领着佟铁登上防火线，打算为他演示正统水彩写生的步骤和一些基本技巧。可是，看到他从画夹子里取出的一幅写生画，我忽然改变了主意：'与其守成法，毋宁尚自然'——干吗非要用我那半吊子的画技来破坏一个孩子对大自然最初始、最纯真的印象呢！你一定看到过那幅画着'双峰对峙'的四开大画。那上面，他没使用我送给他的水彩，只拿他那些以黑墨加重了的天然颜料，用一种属于他个人的方式点染涂抹……"

我说我看到的仍然是半成品，没法将它归入任何一个画种，但看到的第一眼我就惊讶了。

"对我来说不只是惊讶，还有佩服、羡慕，甚至嫉妒！你知道的，这孩子笔下的人物都有点儿像漫画，带了几分戏谑几分幽默，可他对景物的写生却很写实——那是真正的艺术创作！我想，这沉默的山里娃儿在对大自然静观默察后获得了怎样的感悟啊。但我说不出，他也说不出……"

"记得梵高在给妹妹的一封信里写到：'每一个健康的人体内，都存在麦粒那样渴望发芽的力量。'他认为那凸显了生命的本质——我从佟铁的画里感受到的，也许正是那样的力量！"

"我在画技方面再没有教过他什么。后来几次，还尽量绕过护林站，就为了不干扰佟铁作画，我担心自己一不小心的自作聪明，破坏了这孩子画笔下流露出的真情实感……"

"佟铁也许够不上什么'天才'，却如此超凡脱俗——他的画没有丝毫功利目的，只是为了照亮自己的生活！可惜……唉，可惜这孩子没办法继续上学，他至少应该像他哥哥佟钢那样读完初中，使自己具

备相当的自学能力,然后一步步提升文化素养……"

我告诉校长:"受老师和哥哥的影响,佟铁从来没有放弃学习。"我把村校纪老师对佟铁采取的"特殊教育"、把佟钢每晚给父母读书以及兄弟俩喜欢书本并且开始教母亲识字的事都跟他说了。

"哦,我也听说过纪老师曾用自己摸索的一套方法教育聋哑儿。"校长说,"后来我们中学阅览室清理图书,我还特地挑选了两大捆,给她和她的学生送去……可是佟铁从没跟我说起过他看些什么书,我只从'笔谈'看出他识字不少。要不是你说我还真不敢相信,佟铁竟然能在那么短时间内获得超出一般初中生的阅读能力,而且那样迷恋书本!"

我说若非亲眼所见我也不敢相信。不过归根到底,还是乡村中小学老师们的不懈努力,才让书本流入了一个个几乎被现代文明遗忘的角落。

"惭愧!惭愧!"老校长连连摇头。从村校的学习条件谈到乡村教育现状的艰难,他流露出深深的忧虑。

我就把话题转到了松油上:"采集松油也是中学生'学农'的一个项目吧,咋不让学生来干?"

"学生——如今的初中生才多大呀！"他从挎包带上解下一条湿毛巾，摘下眼镜擦汗，"去年春天第一次带他们进山我就提心吊胆，几个愣小子又是爬树又是追野兔，万一摔着碰着咋办，都是父母的心肝宝贝……我干脆让老师把这个项目包办代替了。"

老校长"婆婆妈妈"的语调让我想起了始终没见过面的纪老师。这些山区的教育工作者啊……

"当然，这么做并不好，有造假之嫌。"他又反过手去捶打腰部，"我也是迫于无奈。我们学校还种了两亩水田，除了插秧割稻，田间管理也基本上由老师包干了……原本就是形式主义嘛，你说，有这时间，让学生们多学点儿知识不好吗？"

我说，乡下学生在家里和生产队里都得干活，没必要额外去"学农"。

"对啊，好多同学干农活儿比我这个成年人还地道……当然，我并不笼统反对学生'学农'，但根本应该放在'学'字上，而且要加入有关现代农业科技方面的内容。就说眼前的采松油吧，只要让他们懂得是怎么回事、该怎么做，有什么先进手段提高产量就行。如果仅仅用这样原始的方法，又非要拿

山林的回声

'产量'来衡量学习成果,岂非本末倒置……"

"怎么就来了你一个?"我再次转移话题。

"暑假来过。开学后,老师们就没有一个闲着的了,这些事还是由我这个半脱产的校长包办到底好啦。"他说,"我只要没课就往田里去……采松油,当然要利用整天得闲的时间。"

我问采松油会不会影响松树生长?他说肯定有影响,被采的大多是处于生长高峰的幼树啊。所以他对这一个"学农"项目一直有抵触。

"你想想,一棵松树每年只能出产三四斤油,每斤油收购价才一角七分,还得花费大量的人工——让我们这些外行在普通松树上采集松油,得不偿失啊……幸好不久就是霜降,天一凉爽下来,松树不再流油,我也不必再往树干的伤痕上加刀子了……"

"明年呢?"

"今天算是最后一次——瞧,拼拼凑凑,才收集了十来斤。明年肯定不干这个了。"他欣慰地说,"我们这两年一共送购了四五百斤松油,留出一部分送购凭单当作明年的'成果'上报,就不要再伤害松树了。"

"可是还有后年。"我也替松树担心了。

"到那时,没准儿学习重心又回到文化知识方面!我相信,流于形式的东西不过是一阵风,不会老这么下去。"校长又变得信心满满,"哦,时间不早了,我还要回学校。抄近路最快也得两个半小时,要想不走夜路,就得加紧。再见了!"

他站起身,使劲儿挺了挺腰杆,攀着枝丫上了那一段陡坡,走向他挂满白色凝固物的油桶。

3

我扛着最后一根杉条送回护林站,佟铁夫妇和两个儿子都到家了。

院坪里堆积了许多干枯的树枝。老佟和他的小儿子在那儿拉锯,佟钢将锯断的木柴对半劈开。

这些伐木者留下的树枝树梢以及老病和枯死的树,留在密林里都属易燃物,不及时清除,容易被雷电引燃而诱发山林火灾。

怪不得佟铁舍近求远,也要去收拾我丢弃的"乱柴"。

佟家父子将它们砍成劈柴供给大队的榨油坊、茶园和养猪场，折成工分，也能增加他们一家的收入。

我告诉佟铁：我见着他的那位"画中人"了，不过校长并不喜欢采集松油，再给校长画像，最好设计别的场景。

4

我要归队的早晨，天又下起了大雨。

这雨来势挺凶，刹那间，电闪雷鸣狂风大作，无与伦比的自然力仿佛要颠覆整座大山。护林站门前积水横流，草木匍匐翻滚，发出声嘶力竭的喧嚣。很难想象，倘若没有密集丰厚的森林植被庇护，如此狂暴的风雨，会把对面陡峭的山体摧残到什么程度！

而此刻大山无恙，屋侧狂泻的山洪也保持着半透明的乳浊，说明林间表土并未因雨水造成太大流失。

老佟望了望漫天翻滚的乌云，有把握地说："莫急，这雨不到半上午就要停的。"

于是我翻看着佟铁的画夹子耐心等待。

佟铁从墙上取下几幅用正规素描纸画的风景画,折叠成伞形,用剪刀抠出空心和放射状的散热孔,一个个精致的灯罩就成型了。

他送老师同学的那些"工艺品",都是用自己的习作时间加工的。

他不一叠叠剪,却从每一张画的某个空白局部小心下刀,把画面上最精彩的细节保留在灯罩上,再在乒乓球大的空心之外镂出一圈儿散热孔眼——这些由剪刀单个完成的"二方连续"花边看似随意,却也独具匠心,有花纹、云纹、棱角乃至近乎古鼎上的金属纹饰,没有重复的。

佟铁绝非简单的"应酬",而是为了跟老师、同学和更多的人分享自己创作的乐趣。

墙上的空白处又换上新作品后,佟铁挑选了一只画着古松的剪花灯罩,郑重地交到了我手里。这灯罩经过折叠,变得像半开的折扇,古松的另一侧,一道瀑布跃出陡崖,飞流直下。

"送……你的。"他努力咬准字音,"你……喜欢吗?"

山林的回声

"当然喜欢!"我将那只别致的灯罩叠好,小心地放进挎包。

看看雨还在下,佟铁又拿出他的"双峰尖",铺上了布面画夹。

这画已相当完美,可是他还觉得不够满意。打量了一会儿,他拿起一支水彩画笔伸向那些五颜六色的碗盏,从赭色、淡紫上缓缓掠过,最后停留在掺了墨的青绿里。

于是,一种比橄榄绿更为沉静的色彩一再加深山峦丛林的阴暗面,画面上的溪谷显得幽深莫测,而耸立的双峰尖被推向更高远处。

近景,在比凤头蜂鹰稍下一点儿的地方,欢腾的溪流一侧,又添加了一些被山风吹得朝一侧倾斜的枝干,枝干上以枯笔擦出的松针杉刺,瘦劲如铁蒺藜……

此刻他面对的只是门外的狂风暴雨,而非双峰尖实景,这孩子全然依照自己对山林的理解随意挥洒。

看不出这里面究竟还有多少是从校长那儿学到的笔法。

感觉我在关注他的画面,佟铁侧过头对我笑笑,又重新沉醉在他的画里。

这孤寂的男孩儿心底藏着多少喜悦啊。自从那位校长通过对雨景的描摹启发了他的心智,自从他尝试着用图画记录心灵与大自然碰撞燃起的火花,他眼中的山林就不再是静止的景物,而是无数鲜活生命的汇集……

我们谁也不吭声。

我想,他并非偏爱雨景,而是只有雨天,才有不受干扰的充裕时间作画。更令我佩服的是,这位忙碌的艺徒偏偏不缺少细致和耐性。

记得我小时候习字不耐烦磨墨,宁可使用气味难闻的现成墨汁。父亲告诫我:"磨墨是一个静心的过程,是读书人一种必不可少的自我修炼。"

山里娃儿经历过类似的修炼吗?

答案应该是肯定的。

下乡不到一年,我感觉自己的急性和浮躁改掉了不少。因为我们日常从事的劳作皆与自然合拍——种下的种子要等它在合适的温度和湿度中慢慢发芽。稻子、玉米、红薯、大豆,必须吸收天地精

山林的回声

华慢慢成长……其间的松土、除草、耘禾、施肥乃至收获,都必须遵循季节天时,半点儿也急躁不得。

种田人诸如此类的静心等待,不都如同读书人提笔书写前的磨墨,能够使躁动不安的心绪得到平复!

自幼生长在绿水青山之间,又一直与草木与农作物为伴,这孩子的内心应该更为宁静。

我记起了老校长关于"艺术照亮人生"的话——也许,客观上的确是么回事,但眼前这位单纯而率性的画童不会想得太多,他要画画,就如同麦粒要发芽、植物要开花那么简单、那么自然……

终于,雷电远去了,屋外的大雨接近尾声。

仿佛有雨雾随风,从山林流淌到佟铁的画幅上,佟铁下笔更加从容、稳定。我毫不怀疑,这孩子善于捕捉"印象"的眼睛又从山林雨景中领悟到了什么。

雨完全停了。

云缝间透出的阳光映照着树叶上的残滴,如银星万点在闪烁。叽吁——啾啾——一只大鸟飞上屋前树枝，欣然宣告。

佟铁把画夹收拾好，提了把锄头踏过院坪里的积水走向屋侧的菜园。他要去为昨天整好的菜畦排水。

5

我告别老佟夫妇踏上归程，顺便为大队油榨坊挑了一担劈柴。

佟铁跟我一道下山。除了放置着书本和纸灯罩新作的书包，他还扛了一根弯弓状的犁圈木材料，这是他爹特地替山下生产队准备的。

我说你专为送这些跑上一趟？

他着打手势，嘴里含混不清地说，不，也是顺便——今天要去画黑板报。

我才知道又到了周三。

跟我一样过着没有星期天的生活，这孩子却清清楚楚地记得学校出黑板报的日子！

生产队的儿子

孤儿桂桂

1

桂桂八岁那年，七十岁的爷爷一病不起。

爷爷是他唯一的亲人。临终弥留之际，老爷爷艰难地喘息着，指了指守在一旁的孙子，像有什么话要交代。前来帮忙照料病人的邻居慌忙跑出去，把正在对面山坡上整理坟坑，打点安葬事宜的生产队长叫了过来。

队长拉着老人的手说老叔你放心，你老人家的后代也是生产队的儿子啊，别说咱有集体撑腰，就

山林的回声

算吃百家饭,乡亲们也要把桂娃子抚养成人!

老爷子失神的眼里滚出一串浊泪,对着孙子张了张嘴。

桂桂乖巧地把耳朵凑近爷爷。不知爷爷跟他说了句什么,只见他点点头,老人头一歪,就那样离去了。

生产队对桂桂实施"五保"供养,按月发给粮油。为方便他上学,队长把他接到家里,跟自家那个比他小两岁的独生子同吃同住。逢年过节,左邻右舍都给桂桂送吃的和穿的……

2

有大伙的合力照顾,孤儿桂桂的生活物品从未有过欠缺,甚至比那些有爹妈宠爱的孩子还要富足。

桂桂也格外懂事。他以哥哥自居,处处护着队长的儿子。稍大点儿,就去种菜、喂猪、做家务,农忙时节,还跟大人下田"操练"农活儿。全生产队没有不喜欢这孩子的。

他在学校也很听话,虽说学习成绩不咋样,可他乐意上学,并且在守纪律、爱劳动这些方面的表现都没的说。

奇怪的是，三年级第二学期刚念了一小半，桂桂忽然变卦，说什么也不肯去学校了。无论队长夫妇怎么劝说怎么拖拉，他紧紧抱着屋前的小树不肯挪动一步。队长的儿子把村校纪老师搬来给他做"思想工作"，桂桂却一溜烟跑出后门逃上山坡，钻进林子忽然不见了踪影。

三番五次逮不着，老师也拿他没辙了。

关于桂桂"犯横"的原因，村娃儿们中间有个比较流行的版本，说他因为写作文出了洋相才厌学的。那天他写《我家的兔子》，一不小心，把"兔"写成了"鬼"。标题成了《我家的鬼子》还不要紧，关键是后头的文字太有意思了：

我爷爷为（喂）了两个（只）鬼（兔），大鬼（兔）小鬼（兔），大鬼（兔）买（卖）了线（钱），小鬼（兔）还在家里朋朋（蹦蹦）跳跳……

一个调皮的同学把他的作业本抢了去当众宣读，整个教室的学生哄堂大笑。桂桂觉得很丢面子，当天下午就逃学了。

纪老师狠狠批评了那个同学，说桂桂的作文如

山林的回声

果改正几个错别字，还是很切题、很生动的。调皮同学也在班长的督促下来到队长家，找到桂桂赔礼道歉。可是那犟性子的男孩儿说啥也不肯再回教室。

纪老师只得跟队长商量，把桂桂也列入校外辅导生。

那会儿，邻近两个生产队因带弟妹做家务不能入学的男生女生共有四个，最不愿看到"新文盲"出现的纪老师就将他们编成了一个小组，每逢周一、周三、周五晚上集中起来上门辅导，再添上桂桂一个，也增加不了多少工作量。

恼火的是桂桂对读书这档子事儿完全没了兴趣，总要找借口逃课，不情不愿混了小半年，他干脆不再参加小组学习。

类似的辅导点在上下四个生产队之间有两处，周二、周四、周六的晚上老师要去另一个小组，还得抽时间为行走不便的杜立春上门授课，纪老师有限的业余时间要顾及的学生太多，实在忙不过来，只好由着桂桂。

不上学了，十一岁的桂桂每天跟大人一道出集体工，不久，他不顾队长夫妇的挽留和劝阻，回到了跟爷爷住过的旧屋,算是自立门户了。

3

五保户中属于孤儿的幼保可以享受到十五岁,读到中学毕业没有一点问题,一定要辍学回队干农活的话,在年满十六之前,生产队也会予以照顾,补足劳力不足的"超支"部分。也就是说,桂桂干多干少,都不影响他的收入。但桂桂从未缺过集体工,像成年男子汉一样,他每年到生产队干活儿都在三百天以上。

相比那些有爹娘管束的孩子,桂桂拥有更多的自由。

出工之余,他可以随心所欲,跟着村里的老人们进山采菇、采药,小小年纪就获得了许多与山林有关的奇异本领。比方说:从山头聚集的云彩和某些野鸟的啼叫声中,他可以估计大雨将在什么时候降临;观察松树的枝叶,他能够判断松根上有没有寄生茯苓;沿着山溪走走看看,他有把握找到甲鱼的藏身之处,手到擒来。

他还懂得顺着土缝挖出冬笋、凭借土质寻找黄

精（野生药材），他晓得石耳（类似野生木耳，但十分稀罕）和石斛（一种贵重草药）会长在哪几处悬崖峭壁上，还无师自通，摸索出各式各样抓鱼和捉鸟的巧妙方法。

没有草药可采，捕猎又不顺利时，桂桂偶尔也会去集体的山林里偷伐几根杉条，趁夜色掩护，扛到缺少木料的平川地去换零花钱。队里人即使看到也都睁一只眼闭一只眼，不跟他计较。

4

我认识桂桂时他刚满十四岁，个头却比我高。在一起干活儿，他也显得比我老练，处处乐意充当我师傅。而他之所以对我产生好感，大概是因为我不管天晴还是下雨，不管天气寒冷或炎热，每天收工后都要到小石桥下那个激流造成的深水坑里洗冷水澡。

在桂桂眼里，我这个从牧场带来的习惯想必很有些英雄气概吧，他立即跟着实施了。

出自深谷的溪流水温很低，才跟了我洗了几次，桂桂便患了一场重感冒。被赤脚医生逮着打了一针氨基比林，桂桂又采来石菖蒲，自己煎了几碗水灌下去。感冒治好了，他仍然在收工后盯着我。

我说你别瞎模仿了好不好？我这是从小练就的"童子功"，缺乏锻炼的身体受不了的！

桂桂不等我说完，扑通一下，抢先扎进了凉水坑。

天气热了，我无论晴天还是雨天都不戴草帽和斗笠，还偏要趁着午间休息去砍柴、卖柴。桂桂不服输，照样跟着。没多久，我们两个都晒成了"黑非洲"。打量着黑得比我更厉害的臂膀和双腿，他像打了胜仗一样得意。

我们来到一处山塘边给大豆除草，桂桂趁着休息，非要拉着我一起下水比赛游泳。他那自创的"狗刨式"游法虽然声势浩大得像哪吒闹海似的，速度却没法跟我比。

桂桂在大伙眼皮子底下丢了面子，一心想扳回一局。从此逮着机会，他都要找我摔跤或掰腕子，恨不得把"十八般武艺"都比拼一番。

可是我这冒牌"城里人"早在牧场就对自己实行过"铁人训练"，尽管矮小，体力却接近了成年人。

桂桂占不到半点儿便宜,便绞尽脑汁,想方设法要在我面前露几手"惊世骇俗"的绝招。

那天下地干活,他忽然冲进草丛,将一条剧毒的银环蛇捏住脖子拎出来。队长喝令他放掉。桂桂说他找到了一种能够让毒蛇不咬人的神药。就从衣兜里掏出一团草叶塞进蛇嘴里,然后,他特意将蛇放到我跟前,期待我惊叫或是逃跑。

秋凉时分的蛇原本就不怎么活跃,可怜那银环蛇被满口草叶撑得脑袋都变了形,别说咬人,行动都变得呆头呆脑了,桂桂还非要说是他的药起了作用。

我担心蛇给撑坏,一把摁住它,拿草秆清除了它嘴里的东西,又把蛇拎到前面的山坑里放走了。早有好事儿的年轻人拨开了那团草叶——哪来什么"蛇药"啊,不过是普普通通的狗尾巴草!

田间爆发的哄笑让桂桂老半天提不起精神。

连毒蛇都吓不倒我,他还会想个什么法子扳回这一分?我拭目以待。

深秋的一个早晨,桂桂从村边竹林里狩猎归来,特地绕到我屋外，砰砰砰砰地敲响了窗棂。我迎出去。

"见过吗？"他手里端着一只木板钉成的条形木盒，摇了摇，又把耳朵贴上去，脸上露出几分诡异。

准有什么小兽落在他手里了。

"见过，抓老鼠用的。"我故意装出满不在乎的样子，"其实捉老鼠的办法多了去了，没必要弄得这么复杂。"

"小瞧人——老鼠值得我去抓？"他脸都气红了，"我逮着的是狼——黄鼠狼！再狡猾的'黄大仙'也逃不出我的手掌！"

我坚持说闯进盒子的只能是山老鼠。

他就将木盒一端的小门打开一点点，非让我凑近去验证。

"啥也看不到，"我说，"再开大点儿！"

他又去提那个小门。就在这一刹那，一道棕黄挟着一股骚臭飞蹿而出，啪的一声坠落在硬实的泥地上，迅疾弹跃而起，蹿入了屋侧竹丛。

直到下田干活儿，桂桂还在抱怨我害得他放走了黄鼠狼。

山林的回声

我忍着笑,一个劲儿地称赞他猎技高超。"它哪能逃得过你的手掌。"我说,"用不了多久,又要被你抓住的!"

"还真不是吹牛。"他恢复了情绪,"等着瞧,明天——我保证不出明天就把它抓回来!"

这个"明天"变得遥遥无期。

黄鼠狼并未离开它的领地,仍然在这一带抛头露面,抓捕田鼠和鸟雀。但跟大多数野兽一样,眼睛近视的黄鼠狼很懂得吸取教训,曾经误入牢笼,它从此必定增加几分警惕,不会再傻不愣登去钻陌生的洞窟。

5

初冬晴雨不定。我们下地给油菜苗施肥、除草,忽然下起了掺杂着雪粒儿的大雨,队长叫大伙歇歇,等雨过后再干。

桂桂把我邀请到他的小屋里,说要教我"补脚"。说着,他点燃煤油灯,就着火苗,把一块从破雨鞋上剪来的橡皮烧烤得满屋子胶臭难闻。

然后他脱下胶鞋,把一只赤脚搁到桌面上。

他的脚皮粗肉厚,后跟处还绽开一道裂痕。我见惯了长年赤脚的乡下老人满是皲裂的脚板,但如此深度的皮肤裂痕出现在一只尚未长足的脚上,还是有些触目惊心。

我的惊讶令桂桂露出满脸骄傲,他拈起燃着蓝焰还冒黑烟的胶皮,将滴沥的滚烫胶汁淋进那道裂缝。

"看着都难受!"我说,"痛吗?"

"我还没叫痛呢你难受啥!"桂桂那股子豪气仿佛刮骨疗毒的关云长。说着,他换上另一只脚,继续他独门绝技般的修补。

"想不想试试?"他满怀希望地问我。

我说我还从来没有尝过皲裂的滋味,补啥?

"那你等着,"桂桂预言,"等你像我一样在田里多干几年,就能用上我教的"补脚"手艺了!"

这场面让我很不舒服。回到田里,我把桂桂刚才的表演向队长说了。

队长笑了。"莫相信桂伢崽的话!"他说,"早先挑担子跑长途当'脚夫'的是有这么个治法,他爷爷也拿胶皮子补过皲坼。如今都用药胶布了,还有

几分钱一盒的蛤蜊油防皱防裂，哪个还使那野蛮法子？再说，也只有皮肤枯燥的人手脚才容易发皱开裂。桂伢崽脚上的裂痕，无非是小时候不听话，大冷天不肯穿鞋袜、又非要逞英雄蹚水抓鱼才落下的——纯是闲得没事干，他故意给你露一手，显摆'老资格'呢。"

6

真是"闲"得无聊吗？

不对，桂桂要算我们队里的第二个忙人。

但他不像"大脚"杜兴花那样忙得一本正经。他家的台阶上总是长满了野草，自留菜地也荒着一大半。因此，在大伙眼里，工余时间的桂桂简直就是一个游手好闲不务正业的"二流子"。

集体地里收工之后，他并不像别的单身汉那样急于回家做饭，先得蹚入湍急的溪流摸鱼、捉黄鳝，或者上山坡找蘑菇、掐野葱，要不就匆匆忙忙钻进林子，去侦察自己安装的猎具是否抓到了小动物。

桂桂不光是嘴馋，运气也好。逮着了猸子、野兔和鼬类小兽，还能剥下毛皮，连同他平日采集的药材一起送到供销社收购站，换几个钱。分分角角积累起来，添置衣服、鞋帽以及农具的开销就有着落了。

冬去春来，桂桂收养了一条人家丢弃的老狗做伴，好让他的单门独院变得更像一个家园。

那条据说充当过猎犬的大狗实在太老了，老得吠叫都无精打采，只愿意趴在家门口成天打瞌睡，怎么吆喝也不肯跟桂桂去翻山越岭。所以，在对我一再"煽动"失效的情况下，桂桂仍然得独自去干那些最喜爱的私活儿。

只有一次，收工的哨声刚刚吹响，老狗就一反常态地寻到了我们干活儿的田垄里。汪——它简洁地报告。桂桂大喜，非说狗儿准是发现了什么，就紧跟着老狗上了山道。

山林笼罩在深灰色的暮霭里。嗷咕——嗷咕——夜猫子一声接一声装鬼叫。桂桂平日独个儿进山都不怕，现在有狗儿领路，更无所顾忌。翻越了一道山埂，他找到了一处自己都忘记了的套索。

一头幼麂被套住了后蹄，在那儿挣扎着尖声呼救。

桂桂喜出望外。他割了根藤条缚住另外三条麂蹄，就解开套索，扛回了幼麂。

我闻讯赶去看稀奇时，那只小动物已经被扔在灶角柴湾里了。

它身旁守候的老猎狗不时还舔它一把，将它吓得瑟瑟发抖。手电光圈里，幼麂长长的睫毛下闪动的瓦蓝色大眼睛仿佛要淌下泪来。我赶开老狗，从小兽棕黄色的背上看到了"雪花"似的白点子——这不是梅花鹿的幼崽吗？

"你不懂，黄麂小时候都有花斑的。"桂桂内行得很，"我在山里追赶过的，这种花斑小鹿就跟在没有花斑的大麂子后头……吃过麂子肉吗？第一美味啊，小鹿肉更嫩！明天我把它宰了，你把那帮知青哥哥都邀来吧，城里吃不到的！"

我说这么可爱的小兽，你忍心吃？我说你也替它们想想，黄麂要逃避土豹子、豺狗子，本来就活得够艰难的了！我说……

"够了够了！"他不客气地打断我的话，"书憨子——我们山里把你这种讲傻话的人叫书憨子！再说了，有些东西就是让人吃的，有啥不忍心的？"

当晚下起了蒙蒙细雨,有个声音绕着村子,凄凄惨惨叫了一夜。

那是失去了儿女的母麂在呼唤。不行,我无论如何得劝桂桂放掉幼麂,否则就掏钱跟他买下,总可以吧。

天刚亮我就去了桂桂家。

老狗端坐门前,看到我,它不失礼貌地站起,摇了摇尾巴。"桂桂——"我喊,"你——"

他的回应从外头传来。"啥事,这么早?"

"我要买你的小麂,"我急切地说,"开个价吧……"

"我把它放回山里了。"他如释重负,"我晓得,你也是想要放了它……昨夜听到它妈妈叫,起初我想,随你怎么叫,你儿子我吃定了!后来,拴在床底下的小麂也发出声音回应,那声音——你不晓得,真的就……就跟小娃儿哭一样,我受不了啦……"

黄麂母子相互呼应的哀声,直观地触动了孤儿最敏感的那一束神经。于是没等到天亮,桂桂就把幼麂送上山了。

山林的回声

幼麂能找到妈妈吗?

今天的农活是去山垄旱地里种豆。挥动四齿耙头,平整着步犁翻耕过的泥土,我们俩时不时停下来听听。透入耳鼓的却只有泉水流淌的嘈嘈切切以及山风掠过林梢的阵阵喧嚣。

下午收工,我又跟桂桂去了安装套索的地点。

雨雾弥漫的山间一片静寂。桂桂指着一片林子说幼麂就是从这儿放跑的,它头也不回地钻进了树丛,好像嗅到了母麂的气味……

偏偏这会儿林子的另一端传来乌鸦呱哇——呱哇——的鼓噪声。这帮食性庞杂的大鸟从不放过动物遗骸——莫非它们发现了什么?

我们循声赶去。

乌鸦盘旋围绕的林间草地上空无一物。我们并未发现担心的场景,却也没打探到幼麂与母亲团聚的确凿消息。

桂桂又领着我在邻近的峰岭谷坳间跑到天黑。回村时,他手里拎着一大把拆卸下来的套索,还有两只铁制的捕兽夹。

担心伤着幼麂,他把自己安装的猎具统统撤了。

趿着一双没后跟的胶鞋，踱着方步，十五岁的小单身汉常来我的小屋，……桂桂一个音一个音地拨，竟然也弹出一两句囫囵的。

当晚再没听到母麂的呼唤声。

我们仍然不能断定幼麂是否找到了妈妈。

但那以后,桂桂不再进山安装抓捕鸟兽的铁夹和套索,那只精心制作的盒子,也被他劈掉,当柴烧了。

7

不做业余猎手了,收工后的桂桂多了几分闲适。

他的自留菜地仍然荒芜,阶沿上的野草也依旧茂盛。桂桂懒得管那些,宁可把工余时间用到串门儿上。

趿着一双没后跟的胶鞋,踱着方步,十五岁的小单身汉常来我的小屋,尤其喜欢听夜间前来聚会的知青的乐器小合奏。看得出,他对那把秦琴叮叮咚咚的伴奏更感兴趣,总是盯着杰哥拨弦的手指目不转睛地看。

听说过桂桂的出身传,知青们对这孩子也十分同情,杰哥主动提出要教他弹秦琴。"好好学,等你会弹曲子了,我就把秦琴送给你,"杰哥许诺,"好让你也参加我们的乐队!"

听说过"天才画童"佟铁的传闻,杰哥有志于培养出一位"天才琴童",他尝试通过琴弦给桂桂讲解"十二平均律"。大概属于天生的听觉迟钝吧,桂桂根本分辨不出半音阶。

杰哥只得从容易的入手,教他弹一段最简单的《鄂伦春舞曲》。这曲子从头到尾都没超出八度音阶,用不着换把位,桂桂一个音一个音地拨,竟然也弹出一两句囫囵的。

"对对对,就这么练!"杰哥大为振奋,"你把琴带回去反复操练,弹得流利了,咱们再学难度大的曲子!"

桂桂折腾了几个晚上,下回再见到杰哥,果然把那一段磕磕绊绊却也完完整整地弹拨出来。

杰哥便教他弹别的,练习"换把"。

可是桂桂的右手跟黏在那儿似的,左手一挪动,右手就忘了弹拨。三番五次改不过来,杰哥失去了耐心,只得由着他。

桂桂毫不惭愧,还是每次一来就拿上琴弹,一弹便是《鄂伦春舞曲》。

跟桂桂混熟了,知青们少不了向他打听他爷爷那有些神秘的临终遗言。桂桂对此讳莫如深，却说起了他最后一次给爷爷洗脚的事。

那会儿爷爷的关节还没有僵直。他把老爷子那双布满青筋的"大脚"放入热水里轻轻搓揉，干缩的皮肤皲裂里，竟然拉扯出一根根黑色的橡胶条——都是爷爷"补脚"时填进去的，不晓得在皮肉里面藏了有多久……

说到这儿，他眼眶里闪动着泪花。

杰哥赶紧拨动弹片，让一串琴声如同欢快的清泉流淌。三四支口琴吹奏的八度和声紧随其后，《红莓花儿开》的旋律瞬间驱散了室内有些凝重的气氛。

宝石的诱惑

1

桂桂个头快赶上成年人了,再也不好意思仗着大家的宽容去偷伐集体的树木。他卖掉了自家房檐下晾晒的草药,花七块钱买回一把秦琴。有了琴,他反而很少参与我们的聚会了。

我发现这是他体力增强的原因。

桂桂的工余时间又变得忙碌起来。不出工的时间段,他去帮缺少劳力的人家挑水、砍柴、挖土、砌台阶……

他的自留地和阶沿依然被野草占据着,替别人干这些活儿,却总要奔着"亮一手绝活儿"的目标。他以苛刻的标准挑选劈柴,将菜畦和沟渠整顿得堪称"样板",搬石块垒砌阶基时,还认认真真地拉起水平线。

有一回,连续下了两三天冻雨,我一直没见他出门。担心他生病,我特地去了他那所单门独院。

小小堂屋忽然变成了草鞋作坊,编织好的草鞋堆满了房屋一角。桂桂骑坐在卡着草鞋耙(制作草鞋的木架)的条凳上,腰间系着编草鞋的绳,还在不停地编织。

我问他:"供销社要大量收购草鞋吗?"

他说不是,好容易学会了这手艺,自己编着玩儿。

我说弹秦琴不比这更好玩儿?

他不回答,只顾双手配合着不停地向编织草鞋的绳间"喂"草,眼看着那只草鞋从他手里"成长",安好襻儿,收尾,他又系上了下一根编草鞋的绳……

晚上开评工会,他挑来了一担草鞋,给每个男子汉发了一双之后,桂桂宣布:往后谁急着要用草鞋

就去他家里拿,他有存货的。

"你老在想着'报恩'是不是?"散会时跟他结伴回家,我说,"从逃学开始,你就这样想了——为作文赌气不过是个借口,对不?"

"那会儿说不上报恩,"他并不否认,"我只想养活自己,早点儿减轻队里的负担……你晓得的,谁家也不富裕啊。"

"我还能猜到你爷爷临死前对你说什么了。他让你长大了要报答……"

"爷爷叫我莫忘了大伙的养育之恩。"他说,"我父母是来大山放蜂的外省人,常年用木架子车拉着蜂箱'追花夺蜜',走南闯北,总不得安宁。所以我妈妈生下第三个娃儿后,就把三岁的我托付给了单身汉桂爷爷,只带走了姐姐和弟弟……临走,我爸留下了三箱蜜蜂,算是给了我安身立命的本钱。可是爷爷不会弄啊,没多久,蜜蜂都飞走了……"

我才知道桂桂的身世远比我想象的更坎坷。无怪乎,他对抚养他长大、又处处宠着他护着他的乡亲们感情这样深厚!

2

修水利的动员会刚刚开过，就迎来了进入冬天的第一场小雪。

雪化了，我们队的男子汉们兵分两路开赴工地——一支由会计老魏带队，修整本队的山塘水渠；另一支由队长带领的"远征队"，是去数十里外的溪谷间移山筑坝，协助邻乡建一座蓄水抗旱和发电的大水库。

向来喜欢热闹场面的桂桂非得跟我一道参加"远征"。

还差半年他要满十六岁，队长也没理由拒绝他的请战。桂桂就把老狗送到了队长家，兴冲冲地打好背包上了工地。

水库工地大得前所未见，来自各村的民工队只能以大队为单位分段包干。我们的任务是搬掉一座黄泥岗子，为拦洪大坝供土。

那会儿谁也没见过铲车和挖掘机，不管多大的土石工程，都凭锄头挖、用扁担箢箕挑。拦洪大坝两侧以巨石垒砌，中间填土。每填一层，就由人力

拽动的沉重碲石筑紧一轮，再挑土加高。

那嘿哟嘿哟的打碲号子够吸引人的，沿着陡坡你追我赶的挑土上坝也挺有气势，桂桂恨不得马上加入干这些活儿的"青年突击队"。可是大队长担心他半大孩子脚不稳、力不足，坚决不让桂桂他们这些未成年人参与打碲，也不要他们挑土，只让几位老人领着他们，专门负责挖土、装筐。

桂桂最恼火被人家小看。

他偷偷告诉我说，他要干一件大事，好让全工地的人都对他刮目相看。

就他这远不如我的"半劳力"，能干出什么惊天动地的英雄业绩？我把他的话归纳进了他那一系列牛气哄哄的大话，压根儿没放在心上。

这一回桂桂却动了真格。

他煽动那几个少年，趁着午间休息的一个小时，背着带队的老农偷偷挖起了"神仙土"。

所谓挖"神仙土"，无非是将山包下面掏空，造成巨量土石塌方来促进"移山取土"的工效。因过于危险，如此"巧干"，在工地上是绝对被禁止的。

躲在小山包的背面，桂桂一伙人悄悄干了好几个中午，绕着山包底部掏挖出一条壕沟。接下来，只需循着松软的土层一鼓作气向里挖，巨量的土方就会被自身重量压垮，节省许许多多挖土的人力，那样一来，我们大队的工程进度一下子就能赶到最前面去。

桂桂他们的"功绩"，将在下一个午休时间震撼整个工地！

趁着别人都晒着太阳，喝茶、抽烟、聊天，桂桂跟伙伴们又躲在阴影里干开了。被即将得到见证的奇迹激励着，几个少年奋力挥锹抡镐，全然没顾及山包的悬空部分已超过了维持平衡的临界点……

闷雷般突如其来的巨响，让远远近近休息的人们都感受到了大地的震动！

尘埃弥漫处，高耸的土山包已然坍塌，随之传出瘆人的尖叫和哭喊。无数人朝这边蜂拥而来，全力投入了抢险救人……

总算撤退及时，唯一的重伤员是最后从散土里刨出的桂桂，他断了锁骨，右胳膊也折了。另外还有两人被滚落的石块追上造成轻伤。桂桂原本站在

最外边，最有可能躲过塌方的土石，可就在崩塌发生的刹那，他拼尽全力推开一个伙伴，一步踉跄，反而将自己置于险境……

这好歹也算得上舍己救人吧？

不能算！事后查明：整个违规挖掘桂桂不光参与，而且是首倡者。幸而未造成重大伤亡，他又没成年，功过两抵，就不追究他的责任了。

话虽这么说，送到县城医院治疗出院后，大队还是给桂桂拨了两千工分，让他"脱产"休养半年。

3

用绷带吊着一只手臂、腰杆子还有点儿弯的桂桂生活极为不便，又住到了队长家。他不厌其烦地向前来看望他的人讲述挖"神仙土"创造的奇迹，俨然成了战场上负伤归来的英雄。

这些故事人家很快就听腻了。眼前没有了听众，桂桂耐不住寂寞，只在屋子里待了半个月，又开始四处溜达。

春节刚过，腰杆子挺直了的桂桂带着他的狗儿，回到了自家老屋。

没人管着，右胳膊使不上劲儿的他用左手拎着把短锄头，三天两头就往山道上跑，据说是要好好利用这次"立大功"奖励他的半年假期，为生产队作出一点儿贡献。

他开始"探矿"了。

"我在医院遇到了高人！"他悄悄向我泄密，"那人说，像我们这样的穷山村，要想摆脱贫困，除非开矿——这个必须保密，千万莫跟别人讲！"

我仍然没拿他的话当真。不过，看着他那郑重其事的神情，我同样郑重其事地承诺替他保密。

几天后，桂桂"探矿"的消息还是传遍了全队——这家伙心里根本存不住事，同时向好多人泄密了。

没人相信他的话。

"细伢崽懂得什么啊？"乡亲们说，"纯粹是闲得发慌找消遣。咱们这山里头，祖祖辈辈从没听说过藏着啥子矿！"

4

桂桂还真不是说着玩儿的。从此他的房门老是

关闭着。得不到主人照看,老狗饿得没办法,又逃回了队长家。

有一回,桂桂从山洪暴发冲刷出的沟坑里淘洗出一些暗红色的"芝麻粒"。这东西漂亮得不知该怎么形容,莫不是传说中的红宝石?

桂桂兴奋得很,恨不得立即向全世界宣布。但考虑宝石的价值有可能大得可怕,他不得不管住了自己的嘴巴。

起了个大早,桂桂带着一小撮"宝贝"抄近路步行九十余里,当天下午赶到了县城,又一路打听,找到了专管采矿的什么什么局,并且赶在人家下班之前闯进了一间办公室。

接待他的技术员看了看他送去的东西,说这叫"石榴石",古人称之为"子牙乌"——倘若颜色好、纯净度高,兴许真够得上"宝石"级。可他那些样品颗粒太小、色泽又太暗,完全没有开采价值。

尽管如此,被报矿者的热心所感动,技术员还是为他安排了食宿。于是孤儿桂桂第一次见识到世界上还有叫作招待所的好地方。

次日上午,那人带他参观了矿石陈列室——那里面满目琳琅的,全是本县大山的出产。桂桂被五光十色的矿物撩拨得心花怒放,人家为他介绍的他一点儿也没听进去,满肚子就剩一个念头:别处有,凭什么我们队的山里不能有?

下午,技术员又买了车票,把他送上了开往乡镇的长途汽车。

从县城归来,桂桂愈发的寝食难安,连秦琴弹拨都安抚不住内心的激动,他当晚就敲开了我的房门。

煤油灯下的石榴石看上去黑乎乎的,要对准了火苗,才能勉强看到里面透出的一点点暗红。

可是桂桂并不灰心。他说既然有小颗粒、色彩差的,未必不能找到深紫色的大颗粒!说不定,只需再挖深点儿,山坑里就会蹦出许许多多够得上宝石级的石头蛋蛋!

5

从此他"勘探"的底气更足了。

几个月过去,桂桂那灰不溜秋的门板上满是红粉石、黄粉石或火炭涂写的字:

　　第三次找不到你了！三月初七

　　你又跑到哪里去了？记得清理脑壳上的虱子！

　　五月初二：特地来给你理发过节，又让我空跑一路。小桂，该你作检讨……

　　不用说，这全是上门找人却找不着的剃头匠刘小海给桂桂的留言。因为带着生气，留言的语气一次比一次严厉，最后几行，连"狗东西""邋遢鬼"之类的称呼都用上了。

　　据小海说，从医院回来五个多月里，桂桂总共只剃过两次头，一次是回村那天，另一次是在村道上被他堵住了才剃的。

　　显然，眼下的桂桂早已进入了"忘我"的境界，全然不在乎头上是否"乱草丛生"、是否生了虱子。

　　他拿起了一只装四节电池的大电筒、一个装了塑料把儿的放大镜，穿上一件夹克式旧工作服，又拿上一柄像模像样的地质锤，把自己装扮成了个正儿八经的地质队员——后面两件，据他说是县城的技术员送的。

这位"地质队员"仍然每天天不亮就进山,夜里满村灯火了,还不见他那窗口闪亮。

一番苦功没有白费。

桂桂先后找到过赤铁矿和绿柱石的"矿苗",有一回,不晓得他用什么花言巧语,从近处的萤石矿山带来了一位师傅。

领着师傅漫山遍野地转了几天,那人走了。

桂桂又陡然神气起来,跟队里人说话便夹带了许多名词术语,什么氟化钙啦三氧化二铁啦硅酸盐啦,又是比重又是硬度,把伙伴们听得一愣一愣的,我也不能不对他刮目相看。

可惜,三番五次往矿区送样品,他发现的种种矿石还是因质量、纯度不达标,被专业人员否定了。

桂桂仍不气馁,继续"挖山不止"。

看着他满头鲁滨逊式的乱发,还有磨锉得跟麻石一样粗糙的巴掌,我不能不佩服他的毅力。

每次从山里回村经过我的住处,他都要向我显摆显摆。这天他给我看的是几块仿佛书页的云母。

"怪了,跑遍了十几座山也没找到大张的,"他一层层撕剥着薄得透明的云母片,"矿里的人说,要

山林的回声

大张的他们才收购……"

我说别探矿啦,瞧你那双手都成啥样了。要不要找块橡胶皮给你补一补?

"没事。"他把两只被石头折磨得千皱百坼的手藏进裤兜,"矿山给我发了手套的,我嫌碍事,没戴。"

其实,他放在挎包里的手套也是自己掏钱买的,真是又一个"阿Q"!

我真有些可怜他了。

不过有一夜,桂桂窗口不仅亮了灯,还隐隐飘出了磕磕绊绊的《鄂伦春舞曲》。我猜想他必定有了真正值得庆贺的喜讯。

出于好奇,我主动登门拜访。看到我,他中止了弹奏,从床头的挎包里掏出几颗乌黑的小石子。

"咱们队真要发财了!"桂桂把那只摩擦成了毛玻璃的放大镜塞到我手里,非要教我辨认矿石,"喏,这叫钽铌矿——里头藏的是稀有金属啊,老值钱了!我从老虎岩后头的山坑里找到的!"

听腻了这一类"可惊可喜"的消息,我并未受到他的感染,只叫他注意休息,莫把自己累着了。

我的"麻木"令他很不爽。

桂桂这次没有起身送我，却拿过秦琴，怒气冲冲地弹拨开了。

6

果然，两天后出现在我面前的桂桂不再提钽铌矿的事。

"回队里干活儿吧，"我劝他，"出集体工有啥不好？这么满山乱转劳神费力，人家还说你偷懒，值不值啊？"

"哪是偷懒？我要趁着'立功受奖'的假期替队里找'钱袋子'！"

"给你养伤的假早就到期了，"我提醒他，"你也快满十六岁，'低保'照顾很快要取消啦。"

桂桂掰着手指算了算。确信我不是危言耸听，他也只是皱了皱眉，说眼看着就要成功，干吗要停下来？

"你帮我跟队里说说吧，"他央求，"道理明摆着啊，你想想，队里二十多个全劳力，少我一个，田里不会少打一粒谷；我在田里干得再卖力，生产队也

山林的回声

不能多赚一分钱——既然干也白干,何不让我继续找矿?"

我说道理明摆着没错,可是我说服不了队长。

"这些人太没有眼光!"桂桂满脸委屈,"他们不晓得,派我去探矿,队里可占了大便宜!前不久我溜到萤石矿跟炮手套近乎,学会了装炸药、雷管去炸石开山——技术活啊,不用多可惜!要是找到了矿,用不着求人,咱自己就能开采……"

一心想要回报生产队和乡亲们的养育之恩,桂桂说,他宁可借粮食吃,也要把他对矿石的"勘探"进行到底。

7

在山里兜了一大圈儿,桂桂又回到了近旁,在我们队一片梯田上方的树林里开始了新一轮折腾。

这次他换了工具,用十磅大锤、钢钎取代了锄头和地质锤。

林子里就响起了断断续续的凿岩声。后来声响转入沉闷。再后来,我们都习以为常,那片山林里的动静再也没人注意。

晚稻开始低头撒籽，田垄一天天变黄，山村的人们都在为秋收做准备了。各生产队纷纷请了篾匠来修理谷箩、筻箕和晒谷的篾簟子。

立春跟着舅舅来了我们队。他身体壮实了许多，干活儿也相当熟练，完全成了一个自信而快活的乡村工匠。他带来一个新闻：昨夜，桂桂从他家里一次买走了半打畚箕，看样子打算大干了！

是吗？我仍然没在意。大半年来桂桂一直都在大干啊，他买畚箕算不了什么新闻。

然而有一天，桂桂一连挑了好几担普普通通的白石头下山……

次日一大早，就有一个消息石破天惊般传开：

桂桂送到邻乡矿石收购站的白石头被鉴定为"优质长石"，是生产釉料、白水泥、耐火材料和某些化工产品的重要原料！

这一系列"材料"和釉料、白水泥之类谁也没见过，要紧的是它十分重要，不愁销路，而且收购价每担（五十公斤）达到了两元五角，比劈柴的收购价高出一倍多！

山林的回声

还真不是谣言。那天中午,桂桂向生产队长递上了一张货真价实的矿石收据。

大块头队长盯着收据上的单价和总金额看了好一阵,终于相信自己不是做梦。他高兴得拦腰抱起桂桂转了一圈。

桂桂开采白石头的山场离矿石收购点不到三公里,几乎是挑下山就能换成钱,有了这么一条自力更生的生财之道,山多田少的小集体再也不用伸手向上要"救济"——吃"百家饭"长大的后生娃儿果然为队里立了一功,作为一队之长,他能不兴奋吗!

破天荒的,桂桂主动找到了小剃头匠,让他彻底为自己"斫"掉满脑袋乱糟糟的"茅柴"。

那会儿刘小海正在我们队最大的屋场忙活。见到头上"杂草丛生"的桂桂,等着剃头的男子汉们纷纷谦让,一定要桂桂这位有功之臣先剃。

小海却不买账,非得叫桂桂先把头发里藏的砂石清洗干净,他才肯给桂桂剃头。

"莫坏了我吃饭的家伙!"说着小海亲自动手,将桂桂那颗大毛栗球似的脑袋摁进木盆,连梳带洗,从那里面清理出一小捧石头渣。

剃过头,桂桂扛着一长一短两根磨秃了的钢钎去了大队部近旁的铁匠铺,回来时钢钎变长变尖了,又添了一把沉甸甸的十字镐——一切表明,他果然要大干一场啦!

当晚,桂桂窗口的灯光亮到深夜,来访者络绎不绝,高谈阔论中还时不时传出秦琴弹奏的《鄂伦春舞曲》……

孤儿桂桂迎来了他人生的高峰,一个全新的,真正有价值的转折点。

有功之臣

1

第二天一早,以崭新面貌出现的桂桂令大伙刮目相看:"斫"干净"茅柴"又洗过澡换了衣,十六岁的少年容光焕发、神采奕奕。队长吹响出工的哨子招齐了男女劳动力——啊!桂桂不光是自己、还要带动全队干一番大事了!

生产队长做过简短的动员,桂桂就领着大家冒着秋风细雨,开赴他新近勘探到的矿区。

这不是我们队最为茂盛的一片油茶林吗?

在两棵连根掘倒的大茶树之间,显露出一个黑洞。会计老魏拿过桂桂的大电筒照照,里头拐了弯儿,不知有多深。

"白石头是从洞子里掏出的?"老魏问。

桂桂挺自豪地点点头。"再挖就用不着掏洞了,"他向大家说明,"矿脉就在油茶林底下,掀掉这层泥巴,全是优质长石!"

大伙犹豫起来。

"舍不得啊?这下头埋着的可都是钞票!"桂桂极有把握,"你们以为我不晓得油茶树宝贵?可是茶籽要采摘要摊晒要碾籽要打油,辛辛苦苦又能变出多少钱?长石呢——我算过细账的,连挖代送,一个劳动力一天赚回两三块轻轻松松、痛痛快快!再说,大队答应帮我们出面,去矿山弄到炸药雷管,我可以给你们开炮炸石,功效还能成倍提高!"

"莫犹豫了,舍不得娃儿套不住狼,干吧!"队长一声令下打消了大伙的顾虑,二三十个人一齐动手,砍伐掉大片油茶树,帮助桂桂揭开植被泥层,好让他凿岩放炮。

矿山却不肯把炸石炮的烈性炸药(TNT)和雷管

交到一个半大孩子手里。队里只好另派了两个成年人,去萤石矿接受培训。

2

学了技术回村,两位炮手立马成了桂桂的助手。他们在桂桂打了炮眼的地点装填炸药,安置好雷管和引线,点火放炮。

第一轮石炮就炸出那么多优质长石,让全队喜出望外。

按桂桂的指点,我们抡起铁锄石锤剔除杂质,经过他的肉眼验收后,再用扁担畚箕将长石挑送到矿石收购点。

全队忙活了几天,队长亲自去结算,从收购点领回了厚厚一首十元大钞——比全年送公粮换回的钱还多!

于是,生产队第一次不靠借贷,就为越冬油菜和来年早稻备足了磷肥和尿素,还杀了一头猪,给家家户户分了肉。出了名的穷队尝到了采矿的甜头,晚稻收获之后,立即抽调劳力成立了采矿小组。

从此,桂桂不再下水稻田干农活儿,他带领三个成年人专门探矿开矿，俨然成了一位技师。

但不管说得如何头头是道，缺乏勘探时必备的知识，桂桂找矿脉只能估计加分析。大半情况下，采矿小组还得依靠火力侦察——不管有没有，先放上一炮，炸开瞧瞧。

这使得队里好几处山林蒙受了"不白之冤"，林木毁了之后一无所有。没关系，换过地点再炸吧，炸出来了就是钱呐！

一旦开采出了大量的长石，队长都要兴冲冲地带领生产队全员出动，为采矿小组挑运。

3

采矿组一直在近村的山林里徘徊，当上了采矿组长的桂桂时常可以回村看看。每次听到秦琴奏响《鄂伦春舞曲》时，我们就知道他回来了。

以实际行动回报了乡亲们的养育之恩，这孩子精神面貌大为改观，在队里也成了举足轻重的人物。

他的矿区一再扩大，而他提出牺牲哪片林子的建议，队长一般都会采纳。生产队的会计老魏也改变了观点，把采矿工作排到了比粮油生产还重要的

山林的回声

"第一线"。

只有几位老人对毁林挖矿持不同意见。

"还炸,还炸,山都成了癞痢头!"他们冲着队长发火,"凡事都要有个定数,等到毁光了草木断了泉流,咱们的山垄田地都得撂荒了!"

"不挖石头,你们让我去哪儿弄钱买化肥?"队长理直气壮,"还有,年终结算的分红,都得指望着卖矿石的钱兑现!"

老人们无言以对。

于是树木植被继续为开矿作出牺牲,队里"财源"不断,山林的绿色面积一年年收缩。

依靠爆破侦察地下矿物的笨法子却很容易被人效仿,不久,邻近几个村纷纷组织采矿队,进入各自的山林。

炸石放炮声此起彼伏,静寂的大山变得空前热闹。

经验丰富的桂桂成了最受欢迎的人物,不断有人上门来请他去检验长石质量或者去寻找矿脉做技术指导。

乐于助人的桂桂来者不拒,带出了好多个徒弟。

开采、精选出的大量矿石等着运送，农忙过后，更多的男女老少出动了。

站在山腰的矿洞前远眺，绿色的大山架子上下到处是白花花的伤口。下方蹚出的盘山小道上，挑送长石的扁担畚箕数以百计，排成断断续续的长龙……

桂桂从平川地买来一辆木头制作的独轮车，尝试着在小道上装运矿石，将个人运送石头的功效提高了一两倍。

他的勇敢尝试来得正是时候。

没多久，这种人行小道即能负重推行的车子被本地木匠仿造出来。独轮车不光催生了许多有能耐在崎岖山道上载重推车的好手，还成为年轻人中一种时髦的工具。咿咿呀呀的轮轴声，宣告山村也进入了"车子化"的时代。

从冬闲到早春，山道上都热火朝天。除了抽调一部分"车手"去修水利，我们生产队大部分独轮车和扁担都在运送矿石。

4

随着石炮的震响冲天而起的砂石尘埃，惊走了

山林的回声

近旁大大小小的飞禽走兽。次年春天,村子近边的山林间连鸟叫声都稀疏了。

植被不断收缩。

不能不承认,这些矿石一度为生产队购买化肥和支付其他开销解了燃眉之急,增加了社员收入,可是那些矿洞泻下的废砂碎石却埋葬了大片草木。再后来,好几处流砂开始入侵梯田,吞噬禾苗……

断断续续的开矿延续了三年。长石开采殆尽,开矿的炮声不再震响,残存的草木间才又传出了鸟类和林蛙的鸣唱。

桂桂完全长成大人了。

这些年里他当惯了主角儿。忽然"退居二线"跟我们一起干农活儿赚工分,一起清除侵入田地的矿砂,他变得十分沉默寡言。除了他"引进"的独轮车还在为运送粮食和化肥服务,他的其余业绩在大家的记忆中渐渐淡去了。

刚好我们大队要抽调一批青年民工参加修铁路桥梁的大工程建设,桂桂第一个报了名。

这一去就是好几年。

这段岁月里,运送矿石的独轮车队伍踩大了的

山道，重新被野草灌木占据。那些零零星星遍布山间的采掘"遗址"，却依然是生命的禁区，只有残剩的茅草灌木点缀其间。于是山洪制造的泥石流继续肆虐，梯田和山脚下的良田沃土一再受到侵吞……

5

我要回城了。

到市区上了户口，经过严格的体检，又落实好用人单位和住房，已是半月之后，我回村收拾行装。

时近年关。一场大雪刚过，村道边的细竹都被压成了习惯性的佝偻，只有那些壮硕的楠竹在山风的帮助下早早抖落掉枝叶上的积雪，弹回原来的身姿。寒风扑面，路上的残雪结了一层冰凌，脚踩上去咔嚓作响。

这样的天气队里应该不出工，正好去跟在一起同甘共苦十多年的乡亲们挨家挨户告个别。我走向离我最近的桂桂家。

房门虚掩着。

推门进去，屋里没人，火塘里也没了余热，那把多年没听他弹拨的秦琴挂在墙上，金属琴弦早已

锈蚀,琴身上蒙了厚厚的一层灰。

隔壁老奶奶告诉我,桂桂刚刚被选上了队长,今天他带着全队劳动力都上了白沙坡,说是植树。

白沙坡是后来才有的地名,说白了,就是开采长石残留的最大一片废矿"遗址"。那种地方能植树吗?

我沿着梯田边的小道登上村后高坡,走向那灰白色的伤痕之处。

我的朋友们都在这儿忙碌着。

看到我,大家纷纷停下手里的活儿跟我打招呼,问我会去哪儿当工人。这里面有当年"突击小分队"的两名男队员,有把工具箱交还了父亲的刘小海,还有两个是我下乡之初跟着下田"操练"的小把戏。

十二年过去,他们都长成了健壮的男子汉。

一双双结满老茧的手,在借助钢钎和木杠翻动巨石。

两鬓斑白的老魏告诉我,他们要垒砌几道防砂堤,再在下面用大块废石和水泥修筑一道拦洪的大坝,打算以山塘蓄水的方式,帮助下面那一片受到矿砂掩埋、又因水源干涸而几乎撂荒的梯田恢复生机。

新队长桂桂衣袖高挽，露出肌肉发达的手臂，跟另一个青年借助杠杆掀动起一块巨石。看到我，他卸下粗木杠走下来。

"这些……唉，都怪我……"这位络腮胡汉子满脸惭愧地搓着手，"当初挖矿，咋就没顾及这样的后果呢？"

"谁也不会怨你，"我安慰他，"那时你才多大！"

这话刚出口我就后悔了：他那时的确还小——一心想着回报乡亲们的鲁莽少年考虑问题未必周到。可是别的人呢，我们这些跟在他后头挥锹抡锄的，可都是成年人啊……

我赶紧换了个话题："这么干，那些矿砂能堵住吗？"

"尽力而为吧，"桂桂吸了口气挺了挺结实的胸膛，"恢复一坵算一坵——这些水田还是老祖宗留下的，不能毁在咱手里！"

说罢，他又回到了掀石垒坝的行列。

更高处，几位老人领着妇女和少年整理着山体崩塌垮下来的碎泥，利用填进石坑的泥土在废矿旧址上栽种板栗、油桐和苦楝树，还埋下一些芒蒐，

指望草木发达的根系能起到固沙保土的作用。

一行行新绿在他们身后延伸。

相对于远远近近一处处矿洞前堆积的废石，相对于遭山洪冲刷坍塌造成的大面积惨白，这丁点儿绿色微不足道。

但草木拥有强悍的生命力，一旦扎下根，它们会以惊人的速度扩张，与那些矿砂一决雌雄。等这片绿色林带有能力维护下面的山塘，得到恢复的流泉和小水库蓄水会滋润更多的草木，一切又将回归良性循环……

我踏着松垮的砂石来到桂桂身旁，伸出同样结满老茧的手握住了那根木杠的尾端，跟他一起用力。

巨石翻了个滚儿轰然倒下，刺耳的摩擦声中火星四溅，巨石与两侧的石英岩紧密嵌合，成了那道拦砂大坝中极其牢固的一个环节。

寒风呼啸，铅灰色的天穹下，又有雪花儿在飘坠了……